칼멘&레다 이야기

The Story of Carmen and Leda

칼멘&레다 이야기

1쇄 발행일 | 2022년 06월 20일

지은이 | 곽설리
펴낸이 | 윤영수
펴낸곳 | 문학나무
편집 기획 | 03085 서울 종로구 동숭4나길 28-1 예일하우스 301호
이메일 | mhnmoo@hanmail.net

출판등록 | 제312-2011-000064호 1991. 1. 5.
영업 마케팅부 | 전화 | 02-302-1250, 팩스 | 02-302-1251

값 15,000원

ISBN 979-11-5629-140-4 03810

칼멘&레다 이야기

The Story of Carmen and Leda

곽설리 연작
소
설

문학나무

곽설리 연작
소
설

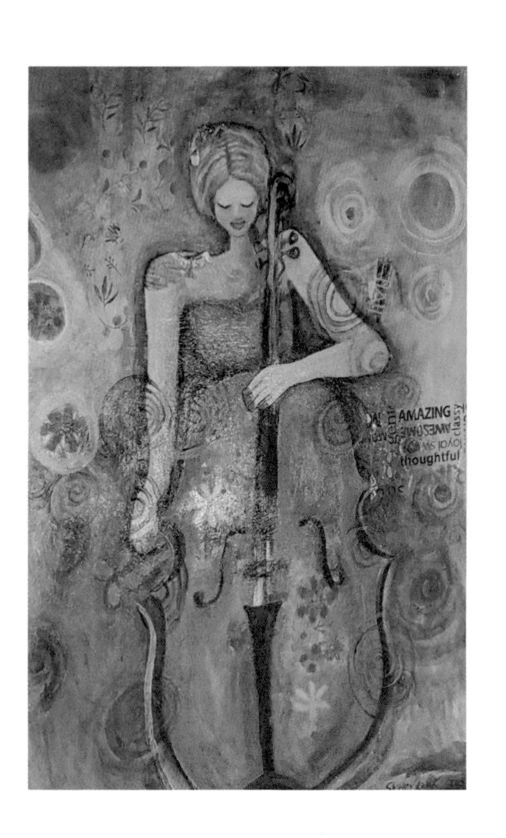
AMAZING
AWESOME
classy
loyal
thoughtful

사라진 오후

곽설리 연작
소
설

그해 여름은 굉장히 뜨거웠다. 땡볕이 세상을 모조리 태워버릴 듯 내리 꽂히는 더위가 밤낮없이 기승을 부렸다. 지구가 심각하게 아픈 모양이라고 사람들은 수상쩍은 표정으로 수군거렸다.

나는 흰색 건물 안으로 들어섰다. 시원한 에어컨 바람이 불고 있었다. 갑작스럽게 이상한 나라와 마주친 느낌이었다. 바깥은 너무 뜨겁고 안은 추웠다. 삶의 기준이 사라진 듯했다. 불안한 느낌이 위기처럼 낮게 깔렸다.

사람들이 대기실에 앉아 신문이나 잡지를 뒤적이며 자기 차례가 오기를 기다리고 있었다. 초현실주의 조각 작품 같았다. 내 차례는 언제 오는 걸까?

나는 카운터 앞 순서 판에 이름을 적고 나무의자에 앉아 한숨을 돌렸다. 문득 시냇물 흐르는 소리가 들렸다. 찰랑찰랑….

내 옆에 앉은 여인이 나에게 병물을 흔들어 보였다.

"저 안에 병물이 있어요."

여인은 나에게 병물 있는 곳을 가리켰다.

"고마워요!"

마침 심한 갈증을 느꼈던 나는 자리에서 일어나 병물이 있는 방으로 갔다. 나는 쿨러를 열고 작은 병물 하나를 꺼내들고 의자로 돌아왔다.

"저는 칼멘이라고 해요."

여인이 자기소개를 했다.

"저는 레다에요."

"레다 씨도 이곳에 직업을 구하러 왔나요?"

칼멘이란 여인이 직업소개소를 겸하고 있는 공증사무실을 가리키며 나에게 물었다.

"아니요. 저는 세무서에 제출할 서류를 공증 받기 위해 들렀는데 이렇게 사람들이 많이 기다리고 있는 줄은 정말 몰랐네요."

"여긴 늘 이렇게 바쁘지요. 저도 아까부터 이러고 있는 걸요."

칼멘 여인이 희고 가지런한 이를 드러내며 웃어보였다. 그녀는 집시처럼 까맣고 기다란 머리를 어깨 위에 늘어뜨리고 있었다. 아름다운 라틴계 중년여인 칼멘과 나는 계속 그곳에 앉아 무료하게 우리 차례가 오기를 기다렸다.

"정말이지 캘리포니아 날씨가 날이 갈수록 더워지고 있어요."

칼멘이 중얼거리듯 말했다.

"요즘은 연일 이렇게 지독한 더위가 계속되는군요."

나도 그녀에게 고개를 끄덕여 보였다.

"저처럼 더운 지방에서 온 사람도 견디기가 힘들 지경이니…"

칼멘이 대기실 안을 돌아보며 말했다. 기다리는 이들의 수효는 하나도 줄어들 기미가 보이지 않았다.

"이전에는 날씨가 이토록 끈적거리지는 않았어요."

칼멘이 나의 말에 고개를 끄덕였다.

"점점 심해지는 공해도 그렇지만 이 이상기후는 정말 심상치가 않군요. 아이들이 앞으로 어떻게 이 지구촌에서 살아가야 할지가 벌써부터 걱정이 되는군요. 결국, 이 모든 문제는 인간들이 자초한 거지요. 너무 편리한 것, 좋은 것만을 추구하며 살아온 결과지요. 그렇지 않아요? 우리는 이제 어떻게 해야 하는 걸까요?"

칼멘의 대답은 의외였다.

“레다 씨, 이제부터는 그동안 우리가 어떻게 살아왔는지를 되돌아보아야겠지요. 생각나세요? 전에는 냉장고나 오븐, 세탁기, 티브이, 어떤 가전제품이든지 한 번 사면 대를 이으며 쓸 수 있었지요? 그래선지 그때는 저의 어머니도 어떤 물건이든 아끼면서 소중히 다루곤 했어요. 하지만 요즘은 어떤 물건이든지 대를 이어 쓰는 건 고사하고, 가전제품들이 툭하면 부러지고 고장이 잘 나더군요.”

“아마도… 그건, 물건을 더 많이 생산해 팔기 위해 물건들의 수명을 짧게 제조했기 때문일 거예요.”

나의 대답에 칼멘이 다시 물었다.

“그럴까요?”

“칼멘 씨, 그 현란한 광고문들도 문제이긴 하지요. 방송사들은 계속 광고를 내보내고 있고 사방의 전광판은 물론, 어딜 가나 모두 광고로 도배되어 있으니까요.”

“그건, 저도 그렇게 생각해요. 레다 씨. 요즘은 시트콤 하나를 보려고 해도 자꾸 광고가 끼어드는 통에 시트콤 내용과 광고의 내용이 헷갈릴 지경이지요. 그러니 사람들은 자신들도 모르는 새 광고에 세뇌당하겠지요. 그러고 보면, 저도 늘 무엇이든 자주 바꾸며 살고 있어요. 자동차건, 가전제품이건, 옷과 화장품 역시도 말이지요. 그러니 지구에 점점 더 많은 쓰레기들이 쌓이게 마련이고요. 그뿐인가요? 너무 편리한 것만 추구하다 보니 지구가 이렇게 공해로 찌들어버리고 만 거지요. 아 참! 죽은 고래의 배 안을 들여다보니 플라스틱 쓰레기가 가득 차 있었다지요? 도대체 누가 그런 끔찍한 짓을 저질렀을까요?"

칼멘과 나는 한순간 할 말을 잊은 채 침묵했다. 문득, '현대인은 과거란 거인의 어깨 위에 올라탄 난쟁이(Nanos gignatum humeris insidentes)'란 문구가 머리에 떠올랐다. 나 역시 문명의 이기를 누리는 '현대인' 중 하나이다 보니 가엾은 고래에게 '그런 끔찍한 일들'을 저질러온 거라는 생각을 지울 수 없었다. 나는 지금도 매주 수요일마다 계속 쓰레기를 버렸고, 차를 몰고 다니며 공기를 더럽혔고, 툭하면 가전제품을 바꾸었고, 플라스틱 용품과 비닐백들을 수없이 탕진했다. 플라스틱 쓰레기로 허기진 배를 불린 채 바다를 유영하던 고래의 고달프고 슬픈 여정이 떠올랐다. 나는 미처 할 말을 찾지 못한 채 대기실 벽으로 시선을 돌렸다. 마침, 대기실 벽 위에 장착된 티브이에서 뉴스가 흘러나왔다. 뷰 파인더는 질주하는 흰색 도요타 픽업트럭을 쫓고 있던 참이었다. 흰색 도요타는 아슬아슬하게 역주행을 시도했다. 모든 차들이 프리웨이에서 멈추어

셨고, 서너 대의 폴리스 차가 도요타를 추적하고 있었다.

"도대체 왜 요즘 젊은이들은 걸핏하면 질주를 벌린다지요? 정말이지 너무 위험하지 않아요? 대체 그 이유가 뭘까요?"

칼멘이 나에게 물었다.

"그건, 젊은이들이 직업을 찾기가 점점 더 어려운 세상이 되어서가 아닐까요? 누군가 그러더군요. 지금, 젊은 사람들은 거의 모두가 세상에 대한 불만이 너무나 커서 폭발하기 직전이라고요. 하기야! 이제는 살아가기가 점점 더 어려운 세상이 되고 말았어요. 빈부의 차이도 점점 더 극심해지고요."

"저도 요즘은 터널 밑을 지나기가 정말 두려워졌어요. 그 터널 밑에서 늘어나고 있는 천막들을 보셨겠지요? 레다 씨! 제 말은 홈리스들이 점점 더 늘어나고 있다는 말이에요. 어쩌면 이런 것들이 사람들의 심리를 불안하게 자극하고 있는 게 아닐까요? 이런 현상들은 사실, 사람들의 불만과 직접적으로 관계가 있다고 볼 수 있으니까요. 도대체 정부는 어떻게 할 작정인지… 무슨 뚜렷한 대책도 없지 않아요? 지금 홈리스 쉘터를 짓고 있다고는 들었지만… 그 많은 홈리스들을 모두 다 수용하기에는 역부족일 거예요. 그 쉘터에 도대체 몇 사람이나 들어가서 살 수가 있겠어요? 그것도 그렇지만… 누군가 그러더군요. 우리도 직장을 잃으면 그때부터 홈리스가 되는 거라고요."

"칼멘 씨! 그렇다고 해도 프리웨이를 그렇게 막무가내로 질주를 하면 모든 문제가 해결될까요? 결국은 폴리스에게 잡혀 형무소로 가거나 잘못하면 목숨을 잃기도 한다는 사실을 알면서도 그러니 정말 대책이 없어요."

다행히 낮 뉴스에서 보여준 도시의 질주는 큰 사고 없이 마무리 짓고 있었다. 칼멘의 표정이 환해졌다.

"레다 씨, 적어도 오늘은 다친 사람이 없으니 다행이군요. 그래도 저 젊은이는 곧 재판에 넘겨지겠지요. 또 형을 살아야 할 게 분명하고요."

지구의 공해와 온난화 현상, 프리웨이에서 벌어진 질주와 추격사건에 대해 어떤 대책이나 해답이 있을 리는 없었지만 나는 칼멘과 이야기를 나누는 동안 우리가 똑같이 지구를 걱정하고 있고, 또 프리웨이 질주에 대해 가슴을 조이고 있었다는 사실을 알게 되었다. 그리고 그런 우리의 동류의식은 우리를 덜 외롭게 하는 힘이 되어 주었다. 우리는 마치 오래전부터 아는 사이가 된 것 같았다.

"일자리를 알아보기 위해 이곳까지 찾아왔지만 아무래

도 오늘은 그냥 집으로 돌아가야 할 것 같군요."

칼멘이 말했다.

"어떤 일을 찾으려고 오셨는데요?"

"저는, 노인을 돌보는 일을 하고 있어요. 지금은 파트타임으로 일을 하고 있지만 일을 좀 더 해 볼까 해서요. 물론, 일이 힘들긴 하지만 저는 사람을 아주 좋아하거든요. 지금은 매일 오후 두 시부터 일을 하고 있지요."

나는 칼멘의 말에 손목시계를 보았다. 다행히 두 시가 되려면 아직도 시간이 많이 남아 있었다.

"제가 돌보는 환자분은 아주 연세가 많으신 분인데, 언제나 제게 책을 읽어달라고 하시지요. 그래서 저는 책을 읽어드리는 도우미를 하고 있어요. 주로 노인의 책꽂이에 꽂혀 있는 톨스토이 전집이나 헤밍웨이, 모파상, 칼릴 지브란의 시나 에세이를 읽어드리곤 해요. 그런데… 언젠가, 노인이 그러더군요. 책장의 책들은 이미 다 읽으셨다고요. 그래서인지는 몰라도 노인은 제가 책을 읽는 동안 졸고 있을 때가 많아요."

칼멘은 말끝을 흐렸지만 나는 그래도 자신의 마지막 시간 동안 책을 읽고 싶어 하는 노인의 이야기에 감탄사가 절로 나왔다.

"오우 마이 갓! 그래도 그렇게 책을 읽어달라고 하시는 군요. 어메이징! 칼멘 씨, 그건 아마도 메슬로우의 욕구 단계로 말하자면 제4단계에 해당할지 모르는 욕구가 되겠군요. 즉, 자기존중의 욕구 말이지요. 그분은 스스로를 귀하게 생각하시는 분이에요. 하하!"

"그럴지도 모르지요. 하하! 그런데, 제가 보기엔 그분은 책에 대해 일종의 향수를 가지고 계셨어요. 사실, 노인은 제가 책을 읽는 순간에는 내용을 알아듣지만 조금만 시간이 지나도 전혀 기억하지 못하시지요. 그분의 연세가… 무네모네 여신(기억의 여신)의 도움이 필요한 고령이시다 보니… 물론, 이해가 가긴 해요. 이제는 눈도, 귀도, 기억력도, 모두 제대로 작동이 되지 않으니까… 유 노? 그래도, 노인이 그러시더군요. '책을 읽는 이유는 소외되지 않고 어떤 일이 있어도 흔들리지 않기 위해서'라고요. 그리고 독서가 자신의 평소의 습관이셨다더군요. 최근엔 노인에게 '전쟁과 평화'를 읽어드렸는데 정말이지 대작이더군요. 오우 마이 갓!"

칼멘이 말을 마친 후 긴 한숨을 내쉬었다. 나는 칼멘에게 '전쟁과 평화'라는 소설에 대한 나의 소감을 이야기해 주었다. '전쟁과 평화'는 원래 등장인물들이 하도 많다

보니 계보를 적어가며 읽었다는 사실과 책을 읽으면서 톨스토이가 아주 끈기 있는 작가라는 생각이 들었다는 사실 등이었다. 그래서인지 등장인물들의 캐릭터 역시 그 소설 속으로 깊이 빠져들게 하는 묘미가 있었다.

칼멘은 나의 말에 고개를 끄덕였다.

"맞아요! 레다 씨! 책을 읽다보니, 정말 많은 인물들이 등장하더군요… 하지만 저 역시 러시아의 독특한 문화에 매료되어 몇 주간 쉬지 않고 잠든 노인에게 소설을 모두 다 읽어드렸지요. 알고 보니, 전쟁과 평화는 읽은 이들이 별로 없다는 책들 중 하나라고 하더군요. 유 노? 저 역시, 그 책을 읽다 보니 인간의 본질이란 결국, 어느 시대나 별로 다를 게 없다는 생각이 들더군요."

칼멘이 말했다.

"그러고 보니, 저도 지금, 주인공 나타샤가 발레리나 지망생이었다는 내용을 읽었던 기억이 떠오르는군요. 톨스토이는 정말 발레에 일가견이 있었더군요. 하기야! 많은 기라성 같은 발레리나와 발레리노를 보아도 러시아는 어느 나라보다 발레가 활성화되어 있는 나라임이 분명하지만요."

나는 누리예프, 세르게이 플루닌, 올가 스미르노바, 안나 치간코바 같은 러시아의 유명한 프리마 발레리나와 발레리노들, 그리고 코리페(Coryphee; 솔리스트)들이 눈앞에 떠올랐다. 그들은 러시아뿐만이 아니라 전 세계적으로 화제를 뿌리고 다니던 유명인이기도 했다.

"소설에서 나타샤가 양트르샤(En trechat quatre)라는 발레 동작을 하고 있었다고 묘사하는 대목이 나오지요. 그 공중에서 발을 교차하며 마주치는 동작 말이지요. 저도 발레를 조금 해보았기 때문에 '양트르샤'를 할 줄은 모르지만 '양트르샤'라는 동작이 얼마나 고도의 테크닉을 요하는 발레 동작인 줄은 아니까요."

칼멘이 말했다.

"저도 니진스키란 발레리노의 양트르샤를 본 적이 있었어요. 탈쟌스미크(Dawid Trzensimiech)란 발레리노는 8번까지 양트르샤를 완성했지요. 정말이지 제 눈을 믿을 수 없더군요. 허공으로 치솟던 그 역동적인 동작이라니… 마치 신기를 보는 듯했지요. 관성의 법칙을 거스르는 몸짓이라 해야 할까요?"

"사실 모든 발레의 동작들이 엄격한 훈련을 통해 얻어지고 다듬어지겠지만 양트르샤야 말로 가장 고도의 기술을 요하는 파격적인 발레동작이라고 해야겠지요. 새처럼 허공에서 착지해야하는 그 동작은 새가 아닌 인간에게는 불가능한 도전이라고 할 수 있겠지요."

"톨스토이는 왜 나타샤가 발레 지망생이라는 설정을 한 걸까요?"

잠시 생각에 잠겨있던 칼멘이 궁금하다는 듯 나에게 물어왔다. 그때였다. 병 물이 있는 방에서 한 남자가 불쑥 나와 대기실로 들어섰다.

"축배를! 축배를!"

남자가 우리를 향해 와인 잔을 높이 쳐들어보였다. 초로에 들어선 남자였다. 남자는 아무런 양해도 없이 칼멘과 나의 앞으로 와 우리의 대화 속으로 쏙 끼어들었다.

"나비가 꿀을 찾아 헤매듯이 난… 나타샤의 매력적인 양트르샤에 끌려 이곳까지 오게 됐지요."

남자가 말했다. 칼멘과 나는 남자를 빤히 쳐다보았다.

"에~ 춤이란 엄밀히 말해서… 인간의 내면을 보여주는 강한 힘을 지니고 있지요."

남자의 말이 이어졌다. 남자는 전쟁과 평화의 에피소드에 등장할 법한 귀족적인 외모의 소유자였다. 비록 초로에 들어섰지만 큰 키와 곧은 몸매와 수려한 이목구비를 갖추고 있었다.

“‘전쟁과 평화’라면, 음… 역시 안드레이 공작을 뺄 수 가 없겠지요?”

칼멘이 말했다.

“물론, 그 안드레이 공작의 캐릭터는 등장인물들 중 가장 내면과 외면이 매력적인 캐릭터이니까요… 흠… 저처럼 말이지요. 아무튼, 그 안드레이 공작과 나타샤의 춤, ‘안나 카레리나’의 브론스키와 안나의 왈츠, ‘바람과 함께 사라지다’의 스칼렛과 레드 버틀러의 춤, 그 모두를 포함해, 춤에는 모든 인간들의 서사가 들어 있지요. 춤은 인간의 깊은 자아실현의 욕구를 표현해주는 또 하나의 지표이며, 언어이니까요. ‘전쟁과 평화도’ ‘안나 카레리나’도 ‘바람과 함께 사라지다’도 결국 춤으로 인해 모든 희로애락이 시작되지요. 제 말은 춤을 통해 비로소 인간들의 심오한 서사가 시작된다는 말이지요.”

남자가 이야기를 계속했다. 아마존 정글 속에서 문명과 등지고 사는 이들도 모두 춤만은 열정적으로 혼신을 다해 춘다는 것이다. 그는 또, 고대의 중국에서도 전쟁을 시작하기 전에는 춤을 추는 풍습이 있었다고 했다.

하기야, 한국의 서먼들도 접신을 위해 제일 먼저 춤을 춘다고 했다. 춤은 지상의 세계와 영적인 세계를 연결시

켜주는 매개체인지도 모른다. 칼멘이 말했다.

"맞아요! 춤에는 인간들의 슬픔과 기쁨, 꿈과 열정, 그리고 인생이 모두 다 들어있지요. 뿐만 아니라 인간은 늘 춤을 통해 비상을 꿈꾸었을 거예요. 원래 나를 수 없었던 인간은 자신의 그 원초적 비애를 춤을 통해 극복하려고 했는지도 모르지요. 더 높은 것, 더 고귀한 것, 더 영원한 것을 추구하기 위해."

"잠깐, 쿨러 안에 버건디가 있었던가요?"

나는 궁금증을 참지 못하고 남자에게 물었다.

버건디(포도주 burgundy) 빛 액체가 남자가 들고 있는 와인 잔에서 흘러내렸다.

"이 와인은 제가 밖에서 가지고 들어왔지요. 와인이 없는 세상은 도무지 상상할 수가 없으니…"

"그렇지만 대낮에 와인이라니요?"

칼멘이 사무실 카운터 쪽을 흘끗거렸다. 남자는 개의치 않았다.

"어쨌든 제 생각엔 나타샤가 고귀한 캐릭터였다는 걸 강조하기 위해 발레 지망생이란 설정을 한 게 아니었을까요?"

남자가 갑자기 생각났다는 듯 말했다.

"실례! 방해할 생각은 없었는데… 저는… 흠… 톨스토이라고 합니다만…"

"댁이 톨스토이 씨라고요?"

칼멘이 외쳤다. 톨스토이 씨는 우리들을 향해 크리스탈 와인 잔을 한 번 높이 들어 보이고는 버건디를 단숨에 비워냈다.

"톨스토이 씨! 설마 그 '전쟁과 평화'란 대작을 쓰신 대문호, 레오 톨스토이라는 작가와 관련이 있는 분은 아니실 테지요?"

"흠! 그거야… 세상에 흔한 우연의 이치를 따르자면… 그럴 수도 있고 그렇지 않을 수도 있겠지요. 그러니 나를 그저 톨스토이의 손자쯤 될 거라고 생각해 두시지요. 어쨌거나 그게 지금 여기에서 무슨 소용이란 말이요? 나로 말하자면, 지금 한잔하기 위해 잠시 요양병원을 빠져나와 이렇게 마음 내키는 대로 돌아다니고 있는 중이지요. 내 여자친구가 나에게 치매기가 있다며 '에덴양로병원'이란 곳으로 밀어넣고 떠나버려서 울적한 나머지 이렇게 한잔하지 않고서는 견딜 수가 없었단 말이지요. 그런데 막상 밖의 세상으로 나와 보니 날씨도 너무 더운데, 마침 이 건물의 문이 열려 있어 잠시 들어와 본 거지요."

"톨스토이는 귀족이었어요."

칼멘이 말했다.

"하지만 지금 그게 뭐 그리 중요하지요?"

톨스토이 씨가 와인 잔을 테이블 위에 내려놓으며 모두 부질없다는 듯 말했다.

"전쟁과 평화를 읽어 보셨나요?"

칼멘이 톨스토이 씨에게 물었다.

"아니, 난 끈기가 없어서 어떤 책이든지 끝까지는 읽진 않고 있지요. 하지만 원래 영화계에 오래도록 몸을 담고 있다 보니 여러 번 영화로 보아서 익히 알고 있지요."

톨스토이 씨가 말했다.

"저는 발레가 고귀한 예술이라고 생각해요. 발레의 동작들은 거의 모두 고도의 테크닉을 요하고 있거든요? 그러니 발레는 평민들의 예술이 아니고 귀족들의 점유물이었지요. 그 '태양의 왕'이라는 프랑스의 왕 루이 14세도 베르사이유 궁전에서 발레를 체계화시켰고 또 자신도 직접 발레를 했던 발레리노였다는군요. 아, 역시 레오 톨스토이는 귀족 출신이었어요."

칼멘이 푹 한숨을 내쉬었다.

"사실… 저의 꿈은 발레리나가 되는 거였어요. 그래서

더 그 책에 마음이 이끌렸었는지도 모르지요. 발레에 대한 이야기에 마음이 끌려 책을 읽다 보니 결국 끝까지 읽게 되었지요. 물론, 이야기의 배경은 나폴레옹 전쟁이 있던 시대이고 안타깝게도 그 매력적인 주인공인 안드레이 공작이 그 전쟁으로 인해 목숨을 잃게 되지만. 전… 불가능한 꿈을 꾸고 있었던 거지요."

"꿈이야 늘 불가능하게 마련이지."

톨스토이 씨가 말했다.

"그럴까요? 전, 어릴 때 너무 가난해서 발레 슈스나 심지어 타이즈나 레오타드조차 살 수가 없었어요. 발레는 나에게 있어 향수 같은 거였어요. 노스탈지아 말이지요."

칼멘이 말했다.

"그러고 보니… 저도 아주 어렸던 시절에 그림자를 따라 춤을 추었던 일이 생각나는군요. 칼멘 씨! 그림자를 따라 한참을 돌다 보면 나의 두 팔은 나비처럼 팔랑거렸지요. 그때마다 낯선 이들이 나를 따라다녔어요. 그러나 춤을 멈추면 그들은 모두 한순간에 사라지곤 했지요."

"내가 이런 이야기를 또다시 듣게 되다니… 어쩌면…"

나의 고백을 들던 칼멘이 감격했다는 듯 손뼉을 쳤다.

"어쩌면… 레다 씨! 저도 그 그림자 춤을 알고 있답니다! 단지 어린 시절 내가 그림자를 따라 춤을 출 때마다 나타났던 그이들은 낯선 이들이 아닌 저의 조상들이었고요. 어쩌면 우리는 이렇게 공통점이 많지요?"

칼멘이 감격했다는 듯 나를 바라보았다.

"아!"

나는 깜짝 놀랐다. 대기실에서 갑자기 빛이 모두 사라졌다. 정전은 그동안 있었던 모든 순간들을 지워버렸다. 깜빡 졸다 눈을 뜨는 기분이었다. 칼멘이란 여인도 톨스토이란 우아한 노인도 더 이상 보이지 않았다. 크리스털 와인 잔에서 연한 버건디향이 맴돌고 있었다. 나는 조심스레 일어나 안내 창구로 가 보았다. 사무실 안은 텅 비어 있었다.

"아니, 이럴 수가?"

나는 건물을 나왔다. 건물 입구에는 크로스드(닫쳤음)라는 사인판이 걸려 있었다.

나는 파킹장 옆 자카란다 나무를 지나 서둘러 내 차로 돌아왔다. 파킹장 옆길에 엠블런스 한 대가 서 있었다. 엠블런스 뒤에는 빨간 소방차도 두 대나 서 있었다. 소방대원들이 들것에 실린 남자를 엠블런스로 옮기던 참이었다.

한 여인이 들것을 따라가며 무언가를 열심히 설명하고 있었다. 그녀의 뒷모습이 칼멘을 닮아 있는 것 같았다. 여인의 음성이 들려왔다.

"아까부터 파킹장에 쓰러져 계셨어요."

"네, 그랬군요."

"이 더위에… 노인이 정말 괜찮을까요?"

여인이 걱정스러운 듯 소방대원에게 물었다.

"일시적 탈수증이지만… 조치를 취했으니… 뭐, 괜찮으실 겁니다."

"양로원을 탈출한 노인을 찾았음. 오버~"

소방대원의 음성이 공기를 타고 뒤따라왔다.

"와인을 마신 것 같음. 몹시 취해있음. 오버~"

"아니?"

난 혹시 그 여인과 노인이 톨스토이란 노인과 칼멘이 아닐까? 생각해 보았다. 하지만 갑작스런 정전 때문인지 머릿속이 몹시 혼란스러웠다. 사실을 확인하려고 엠블런스가 있는 곳으로 향하던 순간이었다. 엠블런스는 요란한 사이렌 소리를 남기며 쏜살같이 내 앞을 떠났다. 이제는 소방대원도 여인도 모두 사라지고 없었다. 나는 멍하니 멀어지는 엠블런스를 바라보며 서 있었다.

시간이 많이 흘렀다. 그래도 나는 가끔 그날을 기억해 보곤 했다.

죽어가는 노인을 위해 『전쟁과 평화』를 끝까지 읽어주었던 칼멘이라는 열정적인 여인과 와인 잔을 들고 갑작스럽게 무대 위에 등장하는 연극배우처럼 우아하게 우리들 앞에 등장했던 톨스토이란 초로의 남자와 한참 익어가던 우리의 대화를 지워버리던 한낮의 정전과 요란한 사이렌 소리를 남기며 파킹장을 떠나던 엠블런스를 기억할 때마다 새삼 궁금해지곤 했다.

칼멘과 그 유난히 책을 좋아했다던 노인은 지금 어떻게 되었을까?

와인 잔을 들고 우리가 있던 건물 안으로 찾아들었던 톨스토이의 손자라는 노인은 아직도 그렇게 와인 잔을 들고 어딘가를 돌아다니고 있을까?

그 커다란 눈의 서글서글했던 여인, 칼멘은?

나는 아직도 그녀가 분명 실제의 인물이며 어디선가 도우미 생활을 계속하며 잘 살고 있을 것만 같았다. 상냥하고 인사성이 좋았으니 어디선가 또 그렇게 씩씩하게 책을 읽으며 잘 살아가고 있으리라고 믿어지는 것이다.

고도는 아직 오지 않았다

곽설리 연작
소
설

나는 유칼립투스 그늘을 향해 걸어갔다. 숱 많은 유칼립투스는 끈질기게 지속될 더위를 예감하듯 까칠해 보였다. 나무에서 연한 유칼립투스 향기가 번졌다. 시간의 흐름이 느껴지고 좋은 기억을 떠올리게 하는 향기였다. 나무 그늘 안으로 들어서자 공기가 한결 시원하게 느껴졌다. 무더운 한여름도 그런대로 견딜 만했다.

"천천히 걸어요!"

한 여인이 초로의 노인과 조심조심 걷고 있었다. 노인의 걸음걸이가 몹시 느리게 느껴졌다. 노인이 중심을 잃고 비틀거릴 때마다 여인이 노인을 부축했다. 여인과 노인 역시 다른 곳으로는 갈 엄두도 낼 수 없다는 듯 내가 서 있는 나무그늘 안으로 스며들 듯 들어섰다. 문득 내 쪽으로 고개를 돌리던 여인이 나를 보자 우뚝 걸음을 멈추었다.

"저어, 우리, 혹시 구면이 아닌가요?"

여인 옆에 서 있던 노인도 덩달아 고개를 끄덕였다. 순간 나는 깜짝 놀랐다. 그들은 칼멘과 톨스토이 노인이었다. 나는 그들을 향해 잠시 마스크를 벗어 보이며 고개를 끄덕였다.

"네! 맞아요! 오 마이 갓! 당신들은 바로 칼멘 씨와 톨스토이 씨 아니세요? 저도 그동안 당신들 소식이 궁금했었는데 이렇게 다시 만나게 되다니… 정말 반가워요!"

칼멘 역시 뛸 듯이 반가워했다.

"세상에! 이렇게 만나다니… 레다 씨 역시 저희들을 기억하고 있었군요. 그러고 보면 만날 이들은 언젠가는 만나게 마련이라니까요! 레다 씨! 아주 반가워요!"

칼멘이 내 손을 덥석 잡으려다 물러났다.

"아참! 사회적 거리두기를 해야겠군요. 그렇지요? 레다 씨, 톨스토이 씨와 저도 가끔 레다 씨 이야기를 하곤 했답니다. 그렇지요? 톨스토이 씨!"

칼멘이 목에 걸고 있던 마스크를 급히 위로 올리며 말했다.

"아암!"

톨스토이 씨가 고개를 끄덕였다.

"그러고 보니, 이 지구상의 새로운 법인 사회적 거리두기와 마스크 수칙을 지켜야겠지요?"

나 역시 반사적으로 흘러내린 마스크를 올렸다. 우리는 서로의 간격을 넓히기 위해 서 있던 곳에서 6피트로 떨어져야 했다. 톨스토이 씨 역시 어쩔 수 없이 덴탈 마스크를 삐뚜름하게 쓰고 있었다.

"우리, 언제까지 이러고 살아야 하는지 알 수가 없군요. 도무지 이런 상황이 섬뜩하고 낯설게 느껴지지 않아요? 레다 씨! 평소에 지인들끼리 자유롭게 만나 이야기를 나누었던 때가 정말 그리워지는군요."

칼멘이 말했다. 나 역시 가장 가까워져야 할 사람과 사람끼리 이렇게 거리를 두어야 하는 세상이 되었다는 사실이 좀처럼 믿어지지 않았다. 지금은 몰과 식당과 교회와 학교와 거의 모든 공공기관들이 문을 닫고 있었다. 지인들과 만나 식당에서 함께 식사를 하며 이야기를 나눈 지도 몇 달이나 지났다. 톨스토이 씨는 마스크를 턱 밑으로 내리곤 했고, 그때마다 칼멘이 그에게 마스크를 써야 한다고 주의를 주었다.

"마스크를 쓰면 숨 쉬기가 힘들고 답답해."

톨스토이 씨는 마스크를 쓰는 일을 몹시 불편해했다.

칼멘이 그런 톨스토이 씨에게 타이르듯 말했다.

"모두들, 마스크를 쓰면 확실히 숨 쉬기에는 불편하지만, 어쩌겠어요? 노인들이 바이러스에는 더 위험하다지 않아요?"

칼멘이 안됐다는 듯 하늘을 올려다보며 휘휘 고개를 저었다.

"요즘처럼 바이러스가 주인공이 되던 시절은 없었어. 뉴스에서도 바이러스, 사람들을 만나도 바이러스, 모두들 바이러스, 그저 누구나 코로나 바이러스 얘기들뿐이지."

톨스토이 씨가 한심한 듯 말했다.

"그날이 생각나세요? 우리가 만났었던 그날 말이에요."

나는 무심코 초현실화처럼 느껴졌던 우리들의 만남에 대해 칼멘에게 물었다.

"기억이 안 나세요? 그 유난히 무더운 여름날, 우리들은 공증사무실의 대기실에 앉아서 각자 자기 순서를 기다리며 이야기를 나누던 중이었고… 그러다 정전이 왔던 거죠. 그러자 사위가 갑자기 어둠 속에 잠겼고 그리고, 아마도, 자동 에머전시 장치가 해제되면서인지 아주 요란한 사이렌 소리와 굉음이 울렸지요. 그러니, 저도 레다 씨도 톨스토이 씨도 그리고 그곳에 있던 모든 이들이 한동안 정신을 놓았었던 거겠지요. 언빌리버블!"

"아! 역시 그랬었군요! 오 마이 갓!"

나는 뒤늦게 칼멘을 통해 그 상황을 전해 듣고는 다시 놀랐다.

"그래서 제가 눈을 떴을 땐 이미 칼멘 씨도 톨스토이 씨도 그리고 대기실에 있던 모든 이들이 그곳을 떠난 후였군요."

그날, 나는 분명 그곳에 있었으면서도 다른 이들의 부재에 대해 몰랐던 사실이 불가사의하게 느껴졌다.

'나는 어떻게 그 순간 부재不在가 되었던 걸까? 이것은 타아의 부재인가? 아님 자아의 부재인가?'

단지 톨스토이 노인의 와인 잔에서 맴돌던 버건디 향의 기억만 선명한 시간의 단서로 내 기억 속에 남아 있을 뿐이었다. 하루의 일과 중, 오후의 일부를 놓친 나는 그날, 뒤늦게 사무실 밖으로 나와 파킹장을 향해 걸어가고 있었다. 그리고 길을 걷던 도중 길 건너편에 서 있던 엠블런스와 소방차를 보게 되었다.

"레다 씨! 그러니까, 그날 오전, 제가 톨스토이 씨를 위해 엠블런스를 불렀었지요. 소방대원도요. 그래요! 그날 저는 그곳에 찾아온 소방대원들의 질문에 모든 자초지종을 설명해야 했어요."

노인을 태운 엠블런스와 소방차와 칼멘 씨가 사라진 텅 빈 파킹장 주변의 풍경은 하나의 초현실화였다. 햇볕이 사정없이 쏟아졌고 노후된 건물의 짙은 그림자만 자꾸 길어지고 있었다. 영문을 알 수 없었던 나는 한동안 비어 있는 파킹장에 우두커니 서 있었던 기억만 아직도 선명히 남아 있었다.

"레다 씨! 아시겠지만, 그 요란한 소리는 에머전시 벨이었어요. 나중에 그 건물의 경비 아저씨에게 들어보니 건물의 에어컨이 오버히트가 되어 정전이 되었다는 거예요. 물론, 오후에는 오버히트도 에어컨도 다시 정상으로 가동되었다고 하더군요. 그래도 그때는 이미 직원과 손님들이 모두 다 돌아간 후였겠지요."

나는 그제서야 기억을 되살리려고 애써 보았다.

"그날, 저도 암흑 속에서 겨우 정신을 차린 후, 깜깜한 건물 안을 더듬으며 밖으로 빠져나올 수 있었지요. 밖으로 나와 보니 톨스토이 씨가 길 위에 쓰러져 있더군요. 아마도 정전과 소음에 놀란 사람들이 급하게 건물 밖으로 쏟아져 나오다가 톨스토이 씨를 밀었고 그는 벽에 머리를 세게 부딪친 후 정신을 잃었다더군요."

칼멘이 말했다.

"그날, 난 밖으로 무작정 밀려나왔지. 와인을 여러 잔 들이킨 참이어서 정신이 없었어."

톨스토이 노인이 말했다.

"그럼 톨스토이 씨와 함께 엠블런스를 타고 간 분이 칼멘 씨로군요?"

"네. 레다 씨. 저는 톨스토이 씨에게 보호자와 살고 계신 거처를 찾아드려야 한다고 생각했지요. 그래서 이분이 정신을 되찾았을 때 요양원 전화번호를 물었지요. 전화번호만으로도 폴리스는 우리의 자세한 신원을 밝혀낼 수 있다고 하거든요? 전 그날 엠블런스를 따라가 이분의 응급실까지 갔었고요. 그날 톨스토이 씨는 다행히도 응급조치를 받은 후 곧 정신을 되찾았지요. 그 후, 에덴요양병원으로도 무사히 보내졌고요."

"세상에! 칼멘 씨는 정말 고마우신 분이로군요!"

"천만에요! 마땅히 제가 해야 할 일을 한 것뿐이지요. 그날 제가 노인들에게 책을 읽어드리는 도우미란 사실을 아신 이분이 저에게 가끔 자신을 찾아와 책을 읽어달라고 부탁을 하셨고요. 그러니까 톨스토이 씨는 여자친구가 떠난 뒤부터 자포자기의 심정으로 와인을 많이 마셨고 우울증이 심해지다 보니 상습적으로 무단탈출을 했다더군요. 그래도 레다 씨! 톨스토이 씨는 이젠 삶의 의지도 강해지셨고 다시 건강도 회복하시는 중이지요. 그런데 또 이런 팬데믹 사태가 왔으니 우리들 삶엔 정말 바람 잘 날이 없는 셈이군요."

"톨스토이 씨가 칼멘 씨에게 책 낭송을 부탁하신 걸 보면 확실히 질병만이 팬데믹은 아니군요. 사실, 책 읽는 습관도 전염성이 강하지요. 그런데, 요즈음은 무슨 책을 읽어드리고 있지요? 칼멘 씨?"

"지금 베케트의 '고도를 기다리며'를 읽어드리고 있어요. 사실, 요즘, 우리 삶이야말로 '고도를 기다리며'가 되어버렸어요? 제발 이제는 어디를 가나 타인과 거리를 두고 줄을 서서 기다려야 하는 이 지긋지긋한 코로나 팬데믹이 끝나고 어서 정상적인 삶으로 돌아왔으면 좋겠어요. 유 노?"

칼멘이 말했다.

"나도 젊은 시절 '고도를 기다리며'란 연극무대에 오른 적이 있었지… 내가 파리에서 활동하고 있을 땐 까뮈에 이어 이오네스코, 사무엘 베케트가 날리던 시절이었지. 나 역시 영화로 날리던 시절이었고…"

노인이 과거를 회상하는 듯 먼 곳을 바라보며 말했다. 우리는 모두 각자의 생각에 잠겼다.

"레다 씨, '고도를 기다리며'를 읽다 보니 저도 아직껏 소설보다 더 한 삶을 사느라 엄두를 내지 못했던 그 소설을 써보고 싶어졌답니다. 그래서 저와 제 친구에 대한 이야기를 써보려고 해요. 저는 평소에 소설가들을 존경해 왔거든요. 말 한마디 하는 것도 힘든데 어떻게 긴 소설을 쓸 수 있는 건지…"

칼멘이 말했다.

"나 역시 끈기가 좀 있었다면 세상을 깜짝 놀라게 할 이야기를 풀어놓을 수 있었을 텐데…"

톨스토이 씨가 아쉬운 듯 말끝을 흐렸다.

"톨스토이 씨! 그렇다고 모든 사랑의 이야기가 소설이 될 수 있는 건 아니에요. 이제 세상은 웬만한 이야기 따위엔 아무도 놀라지 않는 세상이 되어버렸어요. 제 친구 이야긴 좀 다르지만요."

칼멘이 말했다.

"다르다니? 뭐가?"

"제 친구는 그만 권총자살로 삶을 일찍 마감하고 말았어요. 물론 일관성 없는 친구였고 불안정한데다 비밀이 많은 성격이었지만…"

"좋은 소설 재료로군! 그 모순들을 한데 모아 놓으면 말이지… 우리들은 모두 결국은 생을 마감하게 되지. 많은 모순 속을 기웃거리며 살고 있고… 나 역시 아직껏 죽지 않고 살아온 것만도 다행이지. 때로는 삶 자체가 소설보다 더 심각하니 말이야!"

톨스토이 씨가 말했다.

"맞아요! 삶은 확실히 소설보다 더 심각하지요. 더구나 나처럼 지성도 경험도 그리고 하다못해 번듯한 가족이나 돈도 없이 극심한 생활고에 시달려 봐요. 소설쓰기는커녕 세상을 사는 일만도 벅차니까요. 그렇다고 제가 전혀 행복하지 않다는 건 아니지만."

칼멘이 말했다. 나는 칼멘을 바라보며 그녀에게 아직도 식지 않은 열정이 있다고 생각했다. 그 열정이 부러웠다.

칼멘도 나도 톨스토이 씨도 모두 코로나 팬데믹이란 부조리한 사태가 어서 끝나기를 바라고 있었다. 아무리 생각해도 가장 격의 없이 가까워져야 할 인간을 인간으로부터 분리시키고 있는 세력이 기껏 눈에도 보이지 않는 바이러스라는 사실이 믿어지지 않았다.

"항간에는 이 코로나 팬데믹 상황의 배후에 일루미나티라고 부르는 세력이 있다고 하더군요."

칼멘이 말했다.

"칼멘 씨, 저도 그런 제3의 세력이 지금까지 세상을 통제해왔고 앞으로도 통제할 거라는 이야기들을 수없이 들어왔지만 전, 그런 정신병자들이 감히 세상을 통제할 수 있으리라고는 절대로 생각하지 않아요."

"그래도 레다 씨, 지금은 세상이 점점 더 심상치 않게 돌아가고 있잖아요? 많은 비즈니스가 문을 닫아야 했고, 어쩔 수 없는 상황이긴 하지만, 정부가 국민들에게 렌트비를 안 내도 된다는 둥. 모기지와 세금을 안 내도 된다면서 실업수당과 생활 보조비까지 무상으로 지급해 주는 둥, 그야말로, 전무후무한 일들이 일상이 되어버렸어요."

"정말이야! 이대로 가다간 팬데믹으로 인해 인구의 수가 줄어들 건 확실하니까 실제로도 큰 변화가 올 것 같군."

톨스토이 씨가 걱정스럽다는 듯 말했다. 사실, 세계가 이전처럼 소통이 없는 시대였다면 지역적인 팬데믹으로 끝났을 코로나 사태는 한국, 미국, 유럽, 호주, 인도, 이란, 브라질, 쿠바, 아프리카까지 범위를 넓히며 걷잡을 수 없이 전 세계로 번져갔다.

코비드 19은 그동안 글로벌 시대를 꿈꾸며 세계는 하나라고 생각했던 사람들의 믿음에 경종을 울린 게 사실이었다. 팬데믹을 막기 위해 각 나라들끼리 문을 닫았기 때문이었다.

"저 역시 코로나가 전쟁의 살상을 위한 무기 대용으로 쓰려고 만든 인위적인 바이러스였다고 들은 적이 있지요. 코로나 확진자 수가 아직까지는 뉴욕 시가 대세였는데 이제 엘에이 시로 바뀌어버리고 말았어요. 흑인 남성 조지 플로이드가 백인 경찰에게 죽은 후 전국으로 번졌던 데모 때문이겠지요. 팬데믹이 좀처럼 줄어들 기미가 보이지 않는군요. 사람들이 거리로 쏟아져 나와 시위를 했으니 말이지요… 가뜩이나 팬데믹이 번지는 도시에서 마스크도 하지 않은 이들이 거리로 나와 군집했으니 확진자 수가 늘어나리라는 건 누구라도 예측할 수 있지 않아요? 거기에 시위는 폭동으로 번지고 적지 않은 상점들이 약탈을 당했지요. 최악의 상황이었지만 그 대표적 노예시장 중 하나라던 백악관 앞 라파에트 광장에 운집해 격렬하게 흑인차별 규탄시위를 벌이는 시위대들을 보니 아무래도 이 모든 일들이 인과응보란 생각이 떠오르더군요."

칼멘이 흥분한 듯 말했다. 우리는 모두 한숨을 내쉬었다.

나는 생각했다. 이 사회는 무언가 잘못되고 있다고. 이 사회는 여러 인종들로 이루어진 용광로가 아니라 출구를 찾지 못해 몸을 뒤틀며 요동치는 용암같이 제대로 방향을 잡지 못해 우왕좌왕하고 있다는 생각이 들었다. 아직도 인종 차별은 어디에서나 팽배하고 있었다.

태어난 곳이 다르다고, 피부와 언어와 종교와 생김새와 기호가 다르다고, 그 뿐만이 아니었다. 배운 이들은 못 배운 이들을, 아는 사람은 모르는 사람을, 가진 사람은 없는 사람을, 젊은 사람은 늙은 사람을 차별했다. 어떤 차별이든지 차별이 도사리고 있는 한, 이 시대는 아직도 끊임없이 많은 교육과 계몽이 필요한 무지하고 야만적인 시대인 것이다.

칼멘은 에덴양로원에서 코로나 확진자가 발생하자, 갈 곳 없던 톨스토이 씨를 자신의 집으로 모셔왔다고 했다.

"글쎄, 코로나가 에덴동산을 지옥으로 만든 격이었지요. 그런데 그 상황에, 톨스토이 씨는 자꾸 여자친구가 있는 뉴욕으로 가시겠다고 하시는 거예요. 그래서 제가 아무리 뉴욕으로 연락을 취해 보았어도 그 여자친구와는 연락이 닿지 않는 걸 어떻게 해요? 그래서 그때부터 톨스토이 씨는 저의 집에서 머물고 계셨답니다."

말을 마친 칼멘이 톨스토이 씨를 돌아보았지만 그는 아무 대답도 하지 않은 채 한숨만 푹 내쉬었다. 톨스토이 씨는 아무래도 뉴욕으로 떠난 여자친구에 대한 미련을 버리지 못한 것 같았다.

"레다 씨, 전 다른 노인을 돌보았던 시간 동안 톨스토이 씨를 돌보아드리고 있는 거죠, 오늘도 이렇게 이분과 함께 산책을 나온 참이고요. 참! 그동안 제가 책을 읽어드렸던 그 노인은 얼마 전에 저 세상으로 가셨답니다. 아무 가족도 없이 혼자 쓸쓸하게 말이지요. 어차피 인간은 모두 혼자 세상을 떠나게 마련이지만…"

한동안 우리들 사이에 침묵이 흘렀다. 주위를 둘러보자 공원에는 점점 더 마스크를 쓴 인파들이 늘어나고 있었다. 오늘따라 하늘은 한없이 맑고 투명했다. 그러고 보면 나 역시 어느덧 투명하고 건조한 엘에이의 기후와 하늘에 익숙해져 있는 셈이었다. 칼멘이 말했다.

"레다 씨, 요즘은 톨스토이 씨와 함께 '고도를 기다리며'에 나오는 대사들을 연습하고 있는데 저는 대본을 읽을 때면 꼭 제 자신이 주인공이 되는 것 같은 느낌이 들어요."

"이상할 것 없지! 우린, 우리 자신이기도 하지만 그 어느 누구이기도 하니까… 그러니까 대본에 몰입하다 보면 마치 내가 실제 인물이 된 것처럼 느껴지게 마련이지. 완전한 대사란 감정이입이 돼야 가능해지고… 나 역시 내가 맡은 한 캐릭터에 몰입해 있다 보면, 진정한 나는 누구인가? 하는 의문이 들 때가 있더군. 실제의 나는 정녕 이런 나일 수밖에 없는 건가? 하는 생각도 들고…"

톨스토이 노인이 뜻 모를 말을 중얼거렸다.

"칼멘 씨는 역시 한결같아! 마더 데레사와 같은 캐릭터지! 사실 난 인간기피증이 있거든. 인간이란 언제 돌변할지 알 수 없는 날씨 같으니까 말이야. 남이란 역시 환영이지. 일루지언illusion 같은… 이토록 살고 보니 그런 생각이 드는군. 그러고 보면, 어쩜 우리는 서로의 환상인지도 모르지. 삶 역시 살아 있는 동안에만 내 앞에서 어른대는 한편의 영화 같다고나 할까? 꿈을 닮은."

"우리가 서로의 환영이라고요? 너무 그렇게 생각하지 마세요. 저는 그래도 우리의 삶이 한 권의 스크립트보다는 더 의미 있고 심각하다고 생각하고 있어요. 무슨 일이 일어날지 기대되기도 하고, 재미있기도 하고요. 따라서 저에게 지금 이 순간은 무엇보다 중요하지요. 분명 그렇지 않나요?"

칼멘의 물음에 톨스토이 씨는 한숨을 내쉬듯 말했다.

"우리는 결국, 살아가는 동안 궁극적으로 자신이 읽고 싶은 대사만 읽다 떠나는 셈이지."

공원의 사람들은 타인을 경계하는 듯 서로에게 의혹과 의심의 눈초리를 보내고 있었다. 사람들과 떨어져야 하는 가시적 거리가 육 피드일 뿐 사람들의 마음은 이미 그 보다도 멀리 떠나 있는지 모른다.

"혹시, 말이에요. 이 모든 사태가 우리의 사회 질서를 해체시키기 위해 짜놓은 누군가의 각본이 아닐까요? 저는 사람들이 코로나에 대한 경계를 빌미로 타인에 대해 적의를 갖게 될까 두려워지는군요. 물론, 그동안 경제적 타격도 컸고 비즈니스들도 이미 하나가 쓰러지면 덩달아 주르르 넘어지는 도미노현상을 보이고 있고요… 코로나로 인한 불경기로 인해 더 이상 버틸 수 없어 손을 드는 사업체들이 속속 늘어나고 있어요. 벌써 많은 업종들이 문을 닫았다고 하더군요."

생각에 잠겨있던 칼멘이 말했다.

"레다 씨, 코로나가 사람들을 집 안에 가두어둘 뿐만 아니라 무기력하게 만들 것 같아 걱정이로군요. 거기에, 그동안 정부에서 팬데믹 사태 동안 여러 번이나 실업수당이란 보조금을 지급했었지만, 나는 실업수당 지급을 받는 일이 왠지 섬뜩하게 느껴지는군요. 과연 이 실업수당에 대해 내가 치루게 될 대가는 무엇인지 불안해지기도 하고요. 불로소득의 수표를 손에 쥐자 이상한 불안감이 밀려드는 거예요. 거기에 코로나 사태가 선거와 겹쳐선지 자신들의 정당에서 대통령이 나오면 더 많은 돈을 국민을 위해 뿌릴 예정이라는 공략을 내세우고 있다고 하는 군요."

칼멘이 말했다.

"칼멘 씨, 저 역시, 사람들이 일을 해서 버는 돈이 아닌, 무상으로 주는 돈을 지급받는 시대, 아직까지와는 다른, 그리고 앞으로도 다르게 전개될 수밖에 없는 시대가 무엇을 의미하는지 궁금하군요. 저도 어디선가 들었던 이야기인데, '극도로 발달한 미래의 사회에서는 인간이 결국 생산성 없는 존재로 취급된다'던 말이 떠오르는군요. 더구나 지금 이 시대는 에이아이니 로봇이니 전기 차니, 수소 차니, 자율주행 차까지 생산되고 있고 벌써부터도 가공, 추상을 의미하는 메타버스metaverse란 변화, 아니, 대 전환이 이루어지고 있는 혼란한 시기가 아닌가요? 그런데, 이제 곧 도래하게 될 최첨단 시대는 어떤 식으로 전개되며 그 시대의 우리 인간의 위치는 어디쯤인지 가늠조차

할 수 없군요."

나는 점점 더 어지러워지려는 생각을 떨쳐내기 위해 고개를 저었다.

"레다 씨! 만약 그런 새로운 사회가 오면 그 사회에서 우리의 역할은 어떻게 되는 거지요? 인공지능과 로봇이 모든 일을 대체하는 시대가 오면 제가 할 수 있는 역할은 어떤 건가요? 톨스토이 씨도 에이아이 로봇이 돌보아드리고… 책도 로봇이 읽어드리고… 심지어 산책을 하는 일도 그리고 대화를 하고 병원을 가는 일도 모두 에이아이가 하면 저는 무얼 할 수 있는 거지요? 그런 생각을 하면 몹시 불안하고 섬뜩해지는군요."

"칼멘, 그런 시대가 온다면, 아마도… 우리는 에이아이를 조종하는 역할을 맡게 되지 않을까? 하! 하! 하! 기계를 작동하는 것처럼…"

우리의 이야기를 묵묵히 듣던 톨스토이 노인이 웃음을 터뜨렸다. 그래도 칼멘은 심각한 얼굴로 물었다.

"그럼 리모트를 컨트롤하는 역할이 될까요? 아님, 버튼을 한 번 누르는 역할일까요?"

"칼멘 씨, 리모트를 컨트롤을 하건, 누르건 미리부터 그런 걸 걱정할 필요는 없지 않아요?"

나의 말에 톨스토이 씨도 동의했다.

"그건, 전적으로 레다 씨의 말이 맞아! 우린 지금, 코로나 생각만으로도 충분히 벅차다니까. 레다 씨가 옳다고!"

"그래도 코로나가 이 사회를 점점 더 무기력게 만드는 것은 사실이에요."

칼멘이 중얼거리듯 말했다. 나는 생각했다. 그래도 미래를 미리 걱정할 필요는 없다고. 어떤 일이 닥칠지, 혹은 어떤 시대가 올지 지금은 아무것도 예측할 수 없지만 설혹, 온다 해도 어쩔 수 없는 일 아닌가? 그러나 어떤 일이 일어난다 해도 결국은 모두 다 지나가버리고 또 다른 내일이 오게 될 것이 분명하리라.

우리 주변에 사람들의 수효가 점점 더 늘어났다.

"도대체 이 많은 사람들이 다 어디에서 모여드는 거지요?"

칼멘이 주위를 돌아보며 물었다. 공원의 파킹장은 벌써부터 밀려든 차들로 빽빽했다.

"혹, 저이들이 여기서 데모를 벌이려는 게 아닌가요?"

나는 문득 미국의 심리학자 아브라함 메슬로우가 설명한 인간욕구를 떠올렸다. 해결되지 않는 욕구를 해결하기 위해 군중들은 거리로 뛰쳐나오는 것이다. 칼멘이 가디건을 노인에게 입혀주었다.

"우린 이제 돌아가야겠어요."

칼멘이 노인을 부축해 일으켰다. 공원을 빠져나오려던 칼멘과 나와 노인은 우리들도 모르는 사이 운집한 군중 속으로 들어가 있었다. 사람들이 팻말을 높이 쳐들고 구호를 외쳤다. 사이렌이 사방에서 요란하게 울렸다. 운집한 군중들을 몰려온 경찰과 경찰차와 소방차와 소방대원들이 팽팽히 둘러쌓고 있었다. 군중의 구호가 터졌다.

"We can't breath!(숨을 쉴 수 없어!)"

"또 다른 조지 프로이드의 희생이 없기를!"

"사회적 불평을 없앱시다!"

"흑인의 생명도 중요합니다!"

그러나 이상했다. 처음엔 평등을 외치던 구호는 점점 이상한 방향으로 틀고 있었다.

사람들이 외쳤다.

"우리의 삶을 보장할 수 있는 직장을!"

"우리 모두의 생명도 중요합니다!"

"지구를 살립시다!"

"홈리스 문제를 해결합시다!"

칼멘이 외쳤다.

"나에게 금전적 여유와 인권을!"

노인이 외쳤다.

"나에게 젊음과 건강한 삶을!"

나도 외쳤다.

"나에게 진정한 존재의 자유를!"

구호는 점점 더 원초적 의문으로 변해갔다.

"나는 누구인가?"

"나를 더 이상 속이지 않기를…"

"우리는 도대체 누구인가?"

"우리는 어디로 가고 있는 가?"

"당신들은 누구인가?"

"모든 이들의 정체성이 상세히 밝혀지기를…"

"이런 모순을 안은 채 죽을 수 없다!"

갑자기 사위가 초현실적 침묵에 잠겼다. 나는 사라지고 주변에 아무도 없었다. 칼멘도 노인도 군중들도 그리고 경찰도 소방대원들도 더 이상 거기에 존재하지 않았다. 석양이 길게 펼쳐놓았던 그림자를 말며 자취를 감추었다.

"칼멘~, 톨스토이 씨~~"

어디선가 에스트라공과 블라디미르의 대사가 들려왔다. 여인과 톨스토이 노인이 대사 연습을 하는 소리였다. 여인과 노인은 고도를 간절하게 기다리고 있었다.

" 고도는 언제나 오시려나. 고도를 기다려야 해!"

"그이가 오지 않았니?"

"더 이상 걱정할 필요 없네."

"기다리면 되지."

"우리는 기다리는 일에 익숙해졌어."

나는 주위를 두리번거리며 여인과 노인을 불러보았지만 이미 사라지고 없었다.

고도는 오늘도 올 것 같지 않았다. 레다는 속으로 고도에 대한 대화를 곱씹었다.

"내일은 오겠지. 그래, 틀림없이 올 거야. 설마 아주 안 오시는 건 아닐까? 그럴 리 없어! 꼭 온다고, 꼭!"

Shirley KWAK

백조의 호수

곽설리 연작
소
설

나는 쇼핑몰 안을 두리번거렸다. 쇼핑몰 중심부에 장착된 대형 스크린에서 '백조의 호수'를 상영 중이었다. 화면 가득 러시안 발레리나와 발레리노들의 모습을 비추고 있었다.

모두들 마스크를 쓰고 발레의 우아한 흐름에 빠져들고 있었다. 저주의 마법에 걸려든 듯 저마다 다른 모양의 마스크를 쓴 사람들과 아름다운 음악은 도무지 어울리지 않았다. 마치 초현실주의 그림의 한 장면 같았다.

나는 이층으로 연결된 에스컬레이터에 몸을 실었다. 몰 안 가득 차이콥스키의 '백조의 호수' 중 '정경scene'이 흐르고 있었다. 하프의 아르페지오와 현악의 트레몰로가 또 다른 환상 같은 호수의 정경을 재현하며 유유히 이어지고 있었다.

살아오는 동안 수 없는 '백조의 호수'를 보아왔으면서

도 나는 백조의 호수를 볼 때마다 매번 처음 공연을 보는 것처럼 설레곤 했다. 공연을 볼 때마다 스토리도 조금씩 달랐고 새로운 주인공들의 안무를 볼 수 있다는 기대가 새롭게 느껴졌다. 전망 좋고 아름다운 길은 아무리 지나도 싫증이 나지 않는 법이다.

'백조의 호수'는 여러 개의 버전이 있다.

사악한 악마 로트바르트로 인해 낮에는 백조로 살아야 하고, 밤에는 인간으로 돌아오는 저주에 걸려있는 오데트 공주를 사랑하게 된 지그프리트 왕자는 공주의 저주를 풀기 위해 혼신을 다한다. 하지만 결국 뜻을 이루지 못하자 '백조의 호수'에 몸을 던지며 죽음을 선택하고 만다.

스스로 죽음을 선택한 왕자의 희생으로 인해 오데트 공주가 영원히 백조로 남는다는 이야기가 있는가하면 지그프리트 왕자와 오데트가 상심한 나머지 각자 호수에 몸을 던져 죽음을 택하지만 그들의 진실한 사랑의 힘으로 사악한 악마의 저주를 풀고 행복하게 산다는 결말도 있다.

요즘은 흑조만의 버전이 있는가 하면 백조로 분장한 남성발레단의 발레공연도 인기를 끌고 있다.

나에게 '백조의 호수'란 꿈의 호수였다. 나는 아무래도 남자 무용수로만 이루어진 공연보다는 아름다운 공주가 등장하는 전통 '백조의 호수'를 선호했다.

'백조의 호수'는 지그프리트 왕자와 저주에 걸린 오데트 공주와의 사랑이야기이다. 나는 이미 모든 스토리를 알고 있으면서도 '백조의 호수'로 빨려들었다.

모든 사랑의 이야기는 비극으로 끝나든 희극으로 끝나든 모두 황홀했다. 로미오와 줄리엣이건, 지젤, 심지어 백설 공주와 신데렐라 이야기에 이르기까지…

지금은 지그프리트 왕자의 성인식이다. 웅장한 왕궁의 정경이 펼쳐졌다. 고목이 우거지고 이름 모를 꽃이 피어 있는 고색창연한 왕궁의 정원에서 선남선녀들이 모여 경쾌한 고블릿 군무를 추고 있다. 지그프리트 왕자의 안무가 가장 돋보였다.

여왕은 왕자에게 신부를 찾기 위해 연회를 벌이기로 결정한다. 하지만 자기 스스로 진정한 사랑을 찾고 싶었던 왕자는 상심한 마음을 달래기 위해 석궁을 들고 인근의 숲으로 사냥을 나온다.

왕자는 호수 가에서 아름다운 인간으로 돌아와 춤을 추는 보석 같은 백조 오데트 공주의 모습을 발견하게 된다. 머리 위에 백조의 하얀 깃과 반짝이는 보석이 장식된 티

아라를 쓰고 있는 한 없이 아름다운 오데트 공주를 왕자는 넋을 잃고 바라본다.

오데트 역의 발레리나가 '오데트 바리에이션'이란 안무를 추었다. 나는 마치 꿈을 꾸고 있는 듯 황홀했다. 오데트 바리에이션은 흑조 오딜의 푸에테처럼 격렬하진 않았지만 오데트 공주의 유연하고 우아한 푸에테도 시선을 놓지 못할 만큼 매혹적이었다.

나는 또다시 예감했다. 이 순간은 사랑이 싹트는 순간이었다. 왕자가 오데트 공주에게 물었다. 나는 왕자의 마임에 집중했다.

'당신' 왕자가 공손하게 한 팔을 펴며 오데트를 가리킨다.

'여기' 왕자가 주위를 가리킨다.

'왜 있죠?' 왕자가 오데트를 가리키며 묻는다. 왕자의 표정이 더 없이 진지했다.

그때쯤이면 나 역시 스스로에게 묻고 있었다. 나는 지금 왜 여기 있는가? 우리는 왜 이 순간 여기에서 이렇게 만나고 있는가?

'저는' 공주가 왕자에게 손으로 자신을 공손히 가리키며 소개한다.

'백조들의 여왕입니다.'

공주가 군무를 추는 백조들을 가리킨다. 그리고 왕자에게 자신의 존재를 알린다.

'부디.'

'백조들을 죽이지 마세요.' 공주가 간절한 몸짓으로 왕자에게 애원했다.

'당신은 여왕이군요?' 왕자가 놀라서 공주를 바라본다.

'인사드립니다.' 왕자가 공주에게 예절바르게 인사를 한다. 지극히 정중하고 공손한 왕자의 레버런스reverence였다.

'저 호수는?' 공주가 호수를 가리킨다.

'눈물.' 공주가 호소한다.

'어머니의 눈물' 공주가 가련하고 애틋한 몸짓으로 말했다. 어머니와 눈물이란 두 단어가 서로 잘 어울렸다. 실제로 어머니란 뜻은 눈물인지 모른다고 나는 생각했다.

'진실 된 사랑과 결혼만이 나에게 걸린 저주를 풀 수 있답니다.'

공주는 왕자에게 스스로의 저주에 대해 눈물로 호소한다. 하얀 백조로 분장한 발레리나는 실제로 살아있는 백조의 모습을 유연한 동작으로 보여주었다. 숙련된 발레동작들이 연속적으로 이어졌다. 탄성이 절로 나왔다.

지그프리트 왕자는 오데트 공주의 사랑스런 자태에 온통 마음을 빼앗긴다. 오데트 공주, 아니, 발레리나야말로 왕자는 물론, 숲속의 나무나 새, 혹은 요정이나 지나는 바람과 꽃들까지도 바닥없는 사랑의 우물 속으로 빠뜨리고 말 것 같다.

쇼핑몰을 찾는 이들도 발레란 특별한 구경거리를 놓치지 않으려는 듯 대형 스크린 앞으로 속속 모여들었다. 나는 넋을 잃고 황홀한 군무를 보며 한 자리에 서 있었다. 아무리 코로나 19의 상황이 비관적이었어도 쇼핑몰로 오길 잘했다는 생각이 들었다.

나는 무심코 몰 안을 둘러보다 의외에도 칼멘의 모습을 발견했다. 놀랍게도 칼멘 역시 '백조의 호수'를 보는 중이었다.

"칼멘!"

무심코 고개를 돌리던 칼멘이 나와 눈이 마주치자 뛸 듯이 기뻐했다.

"오 마이 갓! 레다! 믿기지 않겠지만 지금 발레를 보며 레다를 생각하던 참이었어요! 아무래도 우리는 인연이 있는 모양이지요?"

"물론이지요! 반가워요! 칼멘! 쇼핑을 나왔군요?"

"유 아 라잇you are right! 집에만 있다 보니 하도 무료해서 립스틱이라도 하나 사볼까 하고 몰로 나와 보았지 뭐에요. 유노? 마스크를 쓰고 있다 보니 굳이 립스틱을 바를 이유가 없긴 하지만."

"아!"

"내 말 뜻은? 그러다 보니 나라는 존재에 대해 다시 생각하게 되었다고요. 평소에는 대수롭게 생각하지 않았던 그 사회성에 대해서도 말이지요."

"그랬군요."

"레다! 나의 모든 행동들이 의외에도 그 사회성과 많이 관련이 되어 있다는 걸 새삼 알게 되었지 뭐예요? 하하하!"

"아! 나도 오늘 처음 이 몰을 와 보았어요."

칼멘이 나에게 물었다.

"레다는 어떤 색의 립스틱을 좋아하세요?"

"나는 평범한 피부 톤을 선호하지요."

"그럴 줄 알았어요! 난 빨간 립스틱을 좋아해요! 유노? 빨간 색은 나에게는 일종의 활력소 같은 거지요. 열정이

랄까요? 왠지 난, 빨간 립스틱을 바르면 기분이 좋아지거든요. 자신감도 생기고 꼭 무슨 좋은 일이 일어 날것만 같거든요."

"아하!"

"하긴, 난, 어릴 때부터 시도 때도 없이 엄마의 빨간 립스틱을 훔쳐 바르곤 했었지요. 하! 하! 하! 오늘은 꼭 립스틱을 사가려고 해요. 이왕이면 빨간 장미꽃 같은 색깔로 말예요. 혹시… 좋은 일이 생길지 누가 알아요? 내 말 아시겠어요? 하! 하! 하!"

"!"

"레다! 난 아직까지 내 자신만을 위해 화장을 하고 있다고 생각해왔지만 아니더군요. 이렇게 마스크를 쓰고 있으니 굳이 남에게 얼굴을 보여야 할 필요가 없어졌지 않아요?"

"맞아요. 필요가 없어진 건 립스틱만이 아니지요. 화장을 할 일도 줄어들었고 심지어 새 옷을 살 필요가 없어졌어요. 단지…"

나는 푹 한숨을 내 쉬었다. 팬데믹 이후엔 의외로 늘 마스크를 써야만 하는 상황이 오고 말았다. 나는 생각했다. 하지만 이 믿어지지 않는 디스토피아란 뉴 노멀 시대는 앞으로도 계속될 거라는 사실을 예감하고 있었다. 매일매일 코로나 바이러스 이전의 일상과는 어쩔 수 없이 다른 상황을 살고 있었다. 경제적으로도 그리고 사회적으로도 이전과는 다른 사회가 올 것이 분명했다.

코로나 이전에는 늘상 만났던 가족들끼리도 이제는 자유롭게 만날 수 없는 상황이 되었다. 다른 이들과의 만남의 기회도 줄어들었다. 무증상인들조차 바이러스를 확산시키고 있는 상황이다 보니 바이러스가 사람들을 분리시키는 세상이 되고 말았다. 사람들은 확진자와 무증상자란 단지 두 종류로만 분류되었다. 이런 뉴 노멀 사태가 좀처럼 정상으로 돌아오지는 않을 것 같았다.

이런 사회에서 사는 이들은 불행하게도 점점 더 고립되어 갈 것이다. 뉴 노멀은 앞으로도 인간의 습관마저 바꾸어버릴 것이 분명했다.

"칼멘! 빨간 색은 열정적이고 아름다운 색깔이지요. 칼멘에게는 더없이 어울리는 색깔이고요."

칼멘이 아주 기뻐했다.

"고마워요! 레다!"

"그런데, 톨스토이 씨는요?"

나는 칼멘의 주위를 두리번거리다 물었다. 하지만 나에

게 돌아온 대답은 의외였다.

"나도 잘 모르지요."

칼멘이 맥 빠진 음성으로 말했다.

"왜지요?"

"톨스토이 씨는 벌써 뉴욕으로 떠나셨어요. 어머, 내 정신 좀 봐! 내가 그 얘긴 않했던가요? 오 마이 갓!"

"뉴욕이라뇨?"

"글쎄 말예요! 톨스토이 씨가 우리 집에서 한동안 잘 계신 것 알고 있죠? 건강도 꽤 회복되었고… 유 노? 그런데… 전화가 왔지요."

"전화라뇨?"

"뉴욕으로 떠났던 여자친구에게서 말예요. 모르세요?"

"!"

"처음엔 저도 말렸죠. 코로나 19 사태로 어지러운 시국에 무슨 여행이냐고요."

"네에."

"그렇게 말렸지만 언빌리버블! 그분은 자신의 추억을 저버릴 수는 없다나요? 뭐라나요? 세월이 흘러도 자신의 사랑은 영원하다나요? 내 말 아시겠어요?"

칼멘이 갑자기 나에게 목소리를 낮췄다.

"레다! 영원이라뇨? 오 마이 갓! 그 여자는 배우지망생이었데요. 이전에도 그분을 그렇게 따라다녔다는군요. 내 말은… 그 첫사랑 이야기도 들어보니 그 여잔 이미 여러 번 첫사랑?을 했던 데다 계속 영원한 사랑을 꿈꾸는 그런 부류였어요. 그런데도 노인은 그만 그 여자에게 돌아가겠다고 어찌나 고집을 부리던지… 그 고집을 누가 말릴 수 있겠어요? 유노?"

칼멘이 고개를 저었다.

"!"

"그래도 난 노인이 뉴욕으로 가시기 전에 말해주었지요. 이곳으로 돌아오려거든 언제든 연락하시라고요."

"!"

"그런데… 아직껏 아무 소식이 없군요."

"그동안 수고가 많았네요. 칼멘!"

"솔직히 전, 걱정이 돼요… 레다!"

"!"

"그 여자가 전처럼 노인을 양로병원으로 보내놓고 또다시 어디론가 떠나버릴까, 그게 제일 걱정이에요. 유노? 노인이 실망한 나머지 또 우울증을 겪고 쓰러질까 말예요."

"설마!"

칼멘은 심각했다.

"나이도 있으니 이젠 더 이상 지탱하지 못할 거예요. 내 말 아시겠어요?"

"물론이지요! 저런!"

아무도 엿듣지 않았지만 칼멘은 계속 나에게 속삭였다.

"한 번 떠났던 여자가 또다시 그러지 말라는 법은 없지 않아요? 그렇지 않아요?"

"그야…"

나는 고개를 끄덕이다 칼멘에게 말해주었다.

"칼멘! 한국 속담에 '무소식이 희소식'이란 말이 있지요. 부디, 노인이 잘 계시기를 빌어요."

"레다! 그 노인에게 문제가 많은 것 아시지요?"

"와인이 좀 과한 것 말인가요?"

"치매가 온 것도?"

"네, 알고 있지요. 하지만 그리 심하지는 않았지 않아요?"

"기억하는군요!"

칼멘과 나는 잠시 화면을 보며 묵묵히 자신의 생각에 잠겨 있었다. 새삼 칼멘이 나에게 물었다.

"레다! 이런 시국에 그동안 어떻게 지냈지요?"

"뭐, 맨날 집안에만 가쳐 있었지요. 어쩔 수 없이 말이지요!"

"나도 마찬가지였어요! 정말! 언빌리버블!"

"나도 마치 몇 달 동안을 심해에 푹 잠겨있던 것 같았어요."

나는 생각했다. 그동안 어쩔 수 없이 외부와 차단된 채 살고 있었다. 정작 불안한 시간이 질병보다 숨막혔다. 사는 게 사는 게 아니란 생각이 들었다. 평소에도 무작정 밖을 돌아다니는 캐릭터는 아니었지만 심해에 잠겨있는 일도 그리 쉽지 않았다.

"심해 역시 밖의 세상만큼이나 잡다한 삶이 이어지긴 마찬가지였죠."

"오 마이 갓! 제 삶은 어떻겠어요?"

"하기야! 때가 되면 해야 할 일들이 밀려오지요. 모두들 코로나 블루를 겪으며 불안해하고 있었죠."

칼멘이 고개를 끄덕였다. 문득 얼마 전 일이 생각났다. 그때도 집 부근을 산책하다 한 저택을 지났을 때였다. 석양이 질 무렵 침침했던 저택에 요술처럼 휘황찬란한 전등이 켜졌다. 마치 영화의 한 장면 속으로 들어간 것처럼 황

당했다. 그곳에선 막 파티가 시작되고 있었다. 요란한 음악이 흘러나왔고 사람들의 웃음소리와 말소리가 맞은편 골짜기에까지 울려퍼졌다. 정원에서 밴드의 연주에 맞춰 춤을 추는 이들도 있었다. 춤을 추기 위해선 사회적 거리를 둘 수가 없다.

누군가 마이크를 들고 노래를 부르기 시작했다. 폴 사이먼의 '험한 물결 위의 다리처럼bridge over troubled water' 이었다.

당신 눈가에 눈물이 고일 때~

그대 눈물 모두 닦아드릴 게요~

나는 언제나 당신편이예요~

나는 언제나 당신편이예요~

나는 언제나 당신편이예요~

나는 언제나 당신편이예요~

낯설고 섬뜩한 느낌이 들었다. 은둔의 시간이 길어지자 사람들의 참을성에도 한계가 온 것 같았다. 모이지 않아야 할 이들이 모여서 북적이고 있었다. 사람들은 이제 이성을 잃어가는지도 몰랐다. 아니면 사람이 너무 그리워진 나머지 밖으로 뛰쳐나온 건지도 몰랐다. 코비드 속에서도 자신의 곁에 있어줄 사람을 찾기 위해서…

파티에 온 이들은 아무도 서로와의 간격을 지키거나 마스크를 하고 있지 않았다. 얼마 전 바닷바람을 맞으며 걸었던 해변에서도 아무도 마스크를 하고 있지 않았다.

그래도 나는 생각해 보았다. 밀려왔던 파도가 되돌아가듯이. 아무리 불편해도 세상은 어디서든, 어떻게든 여전히 돌아가게 마련이라고 믿고 싶었다.

적응하기 힘든 뉴 노멀이라는 낯설고 새로운 물결이 하얀 의혹의 거품을 물고 파도처럼 걷잡을 수 없이 밀려들었다.

노래는 끝나지 않고 계속 들려왔다.

거칠고 힘든 시간이 찾아오고~

모두 다 내 곁을 사라졌을 때도~

세상이 너무 힘겹게 느껴질 때도 ~

내가 그대의 다리가 되어드릴 게요~

내가 그대의 다리가 되어드릴 게요~

내가 그대의… 다리가… 되어… 드릴께요~

마스크를 쓰고 걷던 이들도 사람들과 만날 때마다 서로를 경계했다. 고개를 돌렸다. 사람과 사람의 거리는 점점 더 멀어지고 있었다. 어쩔 수 없이 서로를 반기지 못하고 의심과 적의의 눈초리로 서로를 밀어내며 돌아서는 분위기였다.

코비드 19로 인해 본의 아니게 집에서 보내는 시간이 점점 더 길어졌다. 사람들에게서 이상한 광기가 느껴졌다. 정신병적인 우울증세를 호소하는 이들도 늘어만 갔다. 지금은 어느 때보다도 정신적인 환기가 필요한 시기였다.

"타타타탓…"

경쾌한 카스타넷 소리를 앞세우며 남녀 무용수들이 어울려 군무를 추었다. 제3막의 스페니쉬 댄스는 스토리와 관계없는 일종의 디베르티스망divertissement*이었다. 짧고 격렬한 디베르티스망에서 민속춤의 특색이 넘치도록 드러났다. 서곡에 이어 스페니쉬 댄스가 계속되자 안무를 보던 사람들이 흥겨워 참을 수 없다는 듯 제자리에 선 채 어깨와 팔과 다리로 안무를 흉내내고 있었다. 역시 춤은 인간의 깊은 내면에 숨은 흥을 모두 밖으로 발산시키는 위력이 있었다. 칼멘 역시 어느새 한손으로 스커트 끝자락을 잡은 채 박자에 맞춰 스텝을 밟고 있었다. 스크린 앞에 모여 있는 이들 역시 스스로도 모르게 경쾌한 춤의 열기에 휩쓸렸다.

춤이란 원래 신을 섬기는 방법이었고 인간의 마음을 신에게 전달하는 한 방편이라고 했다. 갑골문자 춤의 무舞 역시 무당에서 나왔다고 했다. 무당은 접신을 위해 춤을 추는 이들이다.

니체는 '제대로 된 모든 고등교육에는 춤이 반드시 포함되어야 한다. 춤추지 않고 지나간 하루는 그 하루를 제대로 살았다고 할 수 없고, 웃음이 동반되지 않은 진리는 진짜 진리라고 할 수 없다.'고 했듯이 춤이란 인간의 기도의 한 방법일 뿐만이 아니라 희로애락의 감정을 표현하는 수단이기도 했다.

나에게도 춤에 대한 기억이 남아 있었다. 나는 어릴 때부터 기쁜 일이 생길 때마다 춤을 추었다. 춤을 출 때면 손과 발이 저절로 움직여졌고 머리도 제멋대로 움직여졌다. 환희 속에서 머리를 이리저리 돌리기도 했고 온몸으로 수없는 원을 그리다 보면 꼭 새가 된 기분이 들 때도 있었다. 때로 나는 비상하는 새처럼 두 팔을 벌린 채 위를 향해 펄쩍 뛰어오르기도 했고 언덕 위로 올라가 아래를 향해 뛰어내리기도 했다. 그럴 때면 내 어깨 위에는 정말 새처럼 날개가 돋아난 것처럼 느껴졌고 나의 몸이 깃털처럼 가벼워졌다.

초등학교 3학년 때였다. 나는 담임이었던 남자 선생님을 몹시 좋아했던 적이 있었다. 그 선생님은 언젠가부터 수업시간 내내 나만 바라보고 있었다. 처음에는 당혹스럽고 무안해서 선생님의 시선을 피하기 위해 창밖으로 시선을 돌리거나 천정을 바라보기도 했었다. 그러나 선생님은 집요하게 나만을 바라보았다. 때로는 무언가 묻기도 했고 미소를 보내올 때도 있었다. 날이 갈수록 나는 기쁨에 사로잡혔다. 지금 분명 선생님이 나를 좋아하고 있다는 사실이 내 삶을 바꾸어 놓았다.

그때 짝이었던, 지금은 이름조차도 기억나지 않는 사내아이에겐 전혀 관심이 없었을 때였다. 사실, 그 아이는 얼마나 나의 환심을 사기 위해 노력했던가? 그 아이는 지우개가 달린 노란 연필을 나에게 주었고, 아끼고 아끼던 하얀 박하사탕을 나누어주기도 했었다. 그 아이는 자신이 가지고 있던 단 하나의 하얀 박하사탕을 둘로 자르기 위해 입안에 넣고 반을 잘라 나에게 주었었다. 지금도 생각해보면 미소가 절로 나왔다. 그 어린 나이에도 그 아이는 나에게 지극한 정성을 보였던 셈이었다. 덕분에 내 재산 목록도 늘어만 갔다. 하얀 마분지 하나와 새의 하얀 깃털 하나와 햇빛에 반짝이는 투명한 초록빛 유리구슬 등등. 그러나 나는 온통 담임선생님에게만 집중해 있을 때였다. 나름 선생님의 관심을 끌기 위해 어찌나 허겁지겁 숙제를 열심히 하려고 노력했는지 몰랐다.

어느 날 담임선생님은 반 아이들의 이름을 몇 명 불렀다. 방과 후 '백조의 호수'란 학예회 연극에 주연급으로 뽑힐 아이들이었다. 나는 잔뜩 기대했다. 선생님이 내 이름을 제일 먼저 불러주기만 기다렸다. 이상했다. 그날, 선생님은 끝까지 내 이름을 부르지 않았다. 선생님은 그동안 내가 아닌 내 바로 뒤에 앉아 있던 형인이란 여자아이를 좋아했던 사실을 알게 된 나는 소스라치게 놀랐다. 그동안 선생님은 나를 바라보았던 게 아니라 내 바로 뒤의 여자아이를 바라보고 있었던 것이다. 나는 상심했고 무슨 나쁜 저주에 걸렸었던 것 같았다.

나는 그날 먹은 것을 모두 토해냈다. 열이 펄펄 끓어서 병원으로 끌려가야 했다. 나는 결국 한 주가 넘도록 집에서 누워있어야 하는 고문 같은 시간을 보내야 했다. 감기

몸살에 걸렸던 것이다.

기쁠 때마다 운동장으로 뛰어나와 하늘을 보며 팔짝거렸던 나는 더 이상 춤을 추지 않았다. 그것은 분명 나에게 내려졌던 첫 번째 저주였다. 나는 학예회에서 호수가의 여러 명의 백조들 속에 섞여 무대 위에 올랐었다. 아주 씁쓸한 기억이었다.

로트바르트가 자신의 딸 오딜을 대동하고 도도한 모습으로 왕실 무도회에 등장했을 때 경쾌한 음악이 흐르는 왕실 무도회의 정경이 크로스 업 되었다. 카메라는 오딜의 당당하고 응집력 있는 모습에 줌을 맞추었다. 오딜은 단연 왕자의 시선을 끌었다.

아버지 로트바르트의 마술로 인해 오데트 공주의 모습으로 변신한 오딜이 무도회에 등장할 때부터 왕자는 흑조 오딜에게 현혹되고 만 것이다. 과연 오딜의 춤은 현란했다.

"저 현란한 오딜의 회전을 보세요!"

누군가의 탄식이 아니더라도 칼멘과 나역시 악마 로트바르트의 딸 오딜의 푸에떼fouette에 넋을 잃고 있었다. 가짜 오데트인 흑조, 오딜의 32번의 회전인 푸에테*는 완벽했다.

"가공할 만한 에너지로 꽉 차있는 푸에테로군요!"

"저 지그프리드 왕자조차도 당당하고 의젓한 오딜에게 온통 마음을 빼앗기고 마는군요!"

"어메이징amazing!"

대형 스크린 밖에서도 무희의 완벽한 푸에테에 감탄한 이들의 박수소리가 쏟아졌다.

"지그프리드 왕자가 속을 수밖에 없었겠네요. 저 유연하고 현란한 오딜의 안무만으로도 말이지요."

칼멘이 속삭였다.

"볼수록 완벽하군요!"

"쁠리에plie를 하며 다리를 뻗고 한 다리를 회초리로 채찍하듯 빙글빙글 돌고 있군요. 저 동작이 실제로 저렇게 가능한 걸까요?"

나 역시 고개를 갸웃할 수밖에 없었다.

"세상에! 파세passe로 감으며 앙디당en dedant을 하고 있군요. 지속적으로 턴을 하는 동작이 정교하고 힘이 있어요!"

"나 역시 삶이 나를 배반할 때, 모든 일들이 이상한 방향으로 틀어져버릴 때 저 푸에떼를 떠올리며 정신을 가다듬곤 하지요. 스스로의 모든 불찰에 회초리를 맞는 그런 심정으로 말이지요. 세상은 늘 대단한 이유도 없이 어긋나며 나를 힘들게 하지만 그래도 알고 보면 모든 원인은 나 자신으로 인해 생긴 일일 테니까요."

칼멘이 말했다.

"발레리나 역시 공연을 할 때마다 채찍질하듯 스스로를 훈련시킬 거예요. 저 한 동작만을 위해서도 얼마나 혹독한 훈련을 할지 상상이 안 가는군요."

"…"

잠시 침묵이 흘렀다.

"살다보면 스스로를 채찍질해야하는 순간은 꼭 오더라고요. 내 미성숙함과 불찰들에 대해, 좀 더 내면을 다져야 했을 때 말이지요. 너무 늦긴 했지만… 레다! 저 역시 진작 발레리나의 푸에떼 동작을 떠올릴 걸 그랬어요. 그랬다면 저의 삶이 지금보다 조금은 달라지지 않았을까요?"

칼멘은 아쉽다는 표정이었다.

"그러나 너무 자책하지 마세요! 누군가 그러더군요. 우리는 존재 자체로 완벽한 사람이라고요."

나는 칼멘을 위로했다.

"레다! 세상을 살다보면 고문 같은 순간은 꼭 오게 마련이지요. 미처 피할 새 없이… 그래도, 세상이야 그렇게 돌아가라지요! 사는 게 힘들어져도 그저 '지금 마술에 걸려있는 거야!' 라고 생각하면 그뿐이니까요."

칼멘이 다시 스크린으로 시선을 돌렸다.

나는 낮은 음성으로 말했다.

"칼멘, 난 미운 오리새끼였어요."

"그 미운 오리새끼도 언젠가는 백조가 되지 않았나요?"

칼멘이 말했다.

"칼멘! 사실, 백조가 되고 싶은 게 어디 미운 오리새끼뿐이겠어요. 누구나 세상을 사는 동안 한 번쯤은 백조가 되기를 꿈꾸겠지요."

나는 사실 백조의 여왕 역을 맡고 싶었다.

"하하하! 그럼 어쩔 수 없이 저 백조처럼 저주에 걸려야 하고요. 그렇지요?"

"백조가 아니어도 삶은 늘 무슨 구실로든 저주를 걸어놓더군요. 거의 언제나 말이지요."

"'백조의 호수'는 언제 보아도 가슴이 뛰는군요."

"발레공연에서 가슴이 뛰는 순간은 역시 막이 오를 때고요."

칼멘이 다시 말했다.

"인생의 막이 오를 땐 아무도 자신에게 어떤 삶이 전개될지 모르지요."

"물론이지요! 우리가 미래를 미리 알았더라면 어떻게 아직까지 버텨올 수가 있었겠어요?"

칼멘이 고개를 옆으로 저었다.

"레다, 어차피 내가 세상을 사는 동안 그 아무 누구도 될 수 없는 것보다는 백조까지는 아니라도 그래도 누구라도 될 수 있는 편이 더 낫지 않을까요?"

"그럴까요?"

"레다! 모두들 정체성이 중요하다고 하지요. 하지만 내가 외국에서 왔고 지금 미국에서 산다고 외국인이라며, 혹은 미국인이라며, 굳이 정체성을 갖다 붙인다면 우스운 일이지요. 내가 부엌을 들어가서 식사준비를 한다고 내가 요리사일까요? 청소를 한다고 제가 청소부냐고요? 운동을 하러 간다고 제가 운동선수냐구요? 도무지 그런 게 있는 건지요?"

"그걸 누가 규명할 수 있겠어요? 단지 우리가 진정한 의미에서 인간이라는 그 정체성이야말로 가장 중요하지 않을까요? 가장 힘든 건 역시 인간으로 사는 일이니까요."

칼멘이 셀폰을 눌렀다.

"톨스토이 씨로군요."

메시지를 본 칼멘의 표정이 어두워졌다.

"톨스토이 씨가 쓰러지셨다는군요. 저에게 뉴욕으로 와 달라는 메시지가 왔네요! 언빌리버블!"

"세상에! 어떻게!"

"아무래도 어서 뉴욕을 다녀와야겠군요."

생각에 잠겼던 칼멘이 결심한 듯 말했다.

"톨스토이 씨가 이곳으로 다시 오고 싶다고 하시네요. 하기야! 이제는 뉴욕에 있던 친구들도 모두 세상을 떠났으니까요."

"!"

"그리고… 그분이… 저를 보호자로 지명하고, 제 전화 번호도 남기셨다는군요."

"그랬군요."

통화를 마친 칼멘이 말했다.

"톨스토이 노인이 돌아오고 싶다는 군요. 양로병원으로는 들어가고 싶지 않다고 거부했다는 군요. 하지만 그래도 아직 확실히 마음을 정하지 못한 것 같았어요."

칼멘은 노인이 아직도 뉴욕에 남을지 엘에이로 돌아올

지를 정하지 못하고 있다 했다. 노인은 젊은 시절 오래 활약했던 무대인 뉴욕에 많은 애착을 가지고 있어서였다.

"노인의 여자친구는요?"

칼멘의 대답은 의외였다.

"글쎄, 노인의 여자친구가 지병을 앓다 세상을 떴다고 하네요."

"세상에!"

나는 깜짝 놀랐다.

"또 하나의 백조가 호수에서 사라졌군요."

고개를 끄덕이며 생각에 잠겼던 칼멘이 말했다.

"노인이 그 일로 충격을 많이 받았더군요. 캔 유 빌리브 잇? 뉴욕에서 아직까지 죽어가는 여자친구와 함께 지냈다는군요. 그건, 노인의 성격상 정말 언빌리버블한 일이지요! 유노?"

잠시 침묵이 흘렀다.

"레다! 바로 뉴욕으로 가서 노인을 모셔와야겠어요."

칼멘이 말했다.

"잘 다녀오세요! 부디 톨스토이 씨가 무사하시기를 빌게요."

나는 칼멘이 사라질 때까지 칼멘의 뒷모습을 바라보았

다.

오데트 공주와 만나기 위해 '백조의 호수'를 찾아간 지그프리트 왕자 앞에 악마 로트바르트가 나타난다. 로트바르트라는 추악한 악마의 실체는 지그프리트 왕자의 어두운 내면이라는 설도 있었다.

마지막 정경과 피날레는 웅장하고 비장한 선율로 절박한 상황을 묘사하고 있었다.

요란한 천둥번개소리와 함께 크라이막스로 치닫는 음악에서 단말마의 위기가 느껴졌다. 왕자가 악마 로트바르트와 격투를 벌렸다. 내면의 검은 그림자와의 싸움은 치열했다.

언젠가 보았던 볼쇼이 발레단의 공연에선 백조의 여왕이 로트바르트의 손에 죽고 왕자만 홀로 남겨지는 결말이었다. 결국, 이 세상의 사랑도 맹세도 모두 덧없다는 비극성을 강조한 결말이었다.

이제 오데트 공주는 왕자의 순연한 사랑으로 인해 저주에서 풀려나 영원히 사람이 되어 행복하게 사는 결말을 맞게 될 터였다. 그것은 몇 개의 버전들 중 가장 무난한 결말이 될 것이다.

나는 많은 사람들을 죽음으로 몰아넣고 있는 코로나19라는 저주가 떠올랐다. 오데트 공주가 자신을 배신했던 지크프리트 왕자를 용서하고 저주가 풀리듯이 삶 속의 팬데믹이란 저주가 풀리고 모든 이들이 정상적인 삶으로 돌아오기를 나는 기원했다.

*디베르티스망 : 발레 작품에서 줄거리와 상관없이 펼쳐지는 춤의 향연.

*푸에테 : 발레에서 한 발로 다른 다리를 차는 듯한 느낌이 들게 빠르게 움직이면서 도는 동작.

폭풍의 언덕

곽설리 연작
소
설

"그래! 요즘은 무슨 책을 읽어주고 있나요. 칼멘 씨?"

"에밀리 브론테의 '폭풍의 언덕'이예요."

"와우, 워더링 하이츠! 강렬한 사랑의 엑기스 같은 소설 아닌가요?

"그렇지요! 이루어지지 않는 폭풍 같은 사랑과 욕망, 그리고 배신과 이율배반 등이 모두 함께 어울려진 그야말로 토네이도 같은 소설이지요."

칼멘이 밝은 목소리로 대답했다.

"뜻밖이네요! 그런 폭풍 같은 사랑 이야기를 노인들에게 읽어주다니?"

"왜요? 노인들은 사랑하면 안 되나요? 하하! 아무리 연세가 높아도 모두들 사랑을 생각하면 가슴이 두근거리긴 마찬가지죠. 젊은 시절 아름다웠던 사랑을 생각하면."

"그건 그렇지만…"

요즘은 웬만한 도서실에도 오디오가 준비되어 있었고 오디오를 핸드폰과 연결만 하면 책 읽어주는 도우미의 역할을 대신해주는 세상이 되었다. 하지만 노인들 중엔 직접 도우미가 곁에 앉아 책을 읽어주기를 원하는 이들이 의외에도 많다는 것이다. 차가운 기계가 따스한 체온을 가진 사람을 대신할 수는 없다. 더구나 사랑이야기라면.

"사실, 몸이 아프면 사회적으로도 고립되니까 잠시라도 누가 옆에 앉아 책을 읽어드리면 심리적으로 안정을 찾는 효과가 있다고 하더군요. 노인들은 대부분 청각이 약하기 때문에 오디오가 귀에서 윙윙 울린다고 불평을 하곤 하지요. 아무튼 아무리 잘 만든 기계라도 사람을 대신할 수는 없을 거예요. 앞으로 인공지능 로봇이 노인들을 돌보는 세상이 될 거라고 하는데, 아이구 생각만 해도 끔찍해요. 그런 차가운 세상은! 노인들은 심지어 나에게 책을 조금 더 크게 읽어 달라고 주문을 할 정도니까요."

칼멘의 말에 울림이 있다. 칼멘이라면 노인들을 잘 돌볼 수 있으리라는 믿음이 느껴졌다.

나는 커피를 한 모금 마신 후 창밖을 내다보았다. 거리는 한산했고 햇살이 눈부신 오후였다.

얼마 만인가? 밖에 나와서 사람을 만나고 커피를 마시

는 것이… 오랜만에 밖에서 마시는 커피는 유달리 향기가 진했다. 집 안과 집 밖은 그렇게 차이가 분명했다.

그러고 보니 칼멘과 만난 지도 한 달이 훨씬 지나 있었다.

"그런데 톨스토이 노인은 잘 계시나요? 궁금하네요."

칼멘은 그동안 돌보며 책을 읽어드리던 톨스토이 노인을 더 이상 돌볼 수 없게 되었다고 대답했다. 여자친구를 만나기 위해 뉴욕으로 떠난 톨스토이 노인은 결국 뉴욕에 남아있기로 했다는 것이다.

"네에? 톨스토이 씨 전화를 받고 칼멘이 뉴욕까지 모시러갔었잖아요? 팬데믹으로 여행이 어려운 상황에서…"

"오우 노! 정말 힘들었죠. 망할 놈의 전염병 때문에, 그런 여행은 다시 하고 싶지 않아요!"

"그런데 왜?"

"그새 생각이 바뀌었다는군요. 노인네 옹고집을 무슨 수로 꺾겠어요. 여자친구와 가까이 있고 싶다더군요."

"어머나, 여자친구는 죽었다고 하지 않았나요?"

"아이구, 말도 말아요! 죽었으니까 더 가까이 있어야 한다고, 가까이 있고 싶다고 어린 아이처럼 떼를 쓰는데 무슨 수로 당하겠어요!"

"원 세상에!"

"어쩌겠어요? 겨우겨우 비행기를 얻어 타고 돌아오면서 생각해보니 톨스토이 씨를 이해할 것 같더군요. 아, 그것이 톨스토이의 사랑이로구나, 사랑의 불씨가 아직 꺼지지 않고 남아 있는 거로구나, 그렇게 생각하니 분이 풀리데요. 사랑의 모양은 저마다 달라서 함부로 판단할 수 없는 것이죠. 사랑엔 기준이 없으니까요. '폭풍의 언덕'에 그려진 사랑도 그렇지 않나요?"

"칼멘, 당신은 대단한 바보이거나, 굉장한 천사로군요. 내가 보기엔 그러네요."

"하하… 그래요? 이왕이면 천사로 해주시죠! 나이를 좀 먹긴 했지만. 하하…"

칼멘이 커피를 한 모금 마시고 물끄러미 창밖을 내다보았다. 이상한 날씨였다. 음산한 구름이 잔뜩 끼어있었고 금방이라도 빗방울이 떨어질 것 같았다. 메마른 사막인 이 동네에선 흔치 않은 날씨였다. 기후 변화의 위기라는 말이 떠올랐다.

거리는 잿빛으로 한산했고, 커피집에도 사람이 거의 없었다. 사람들은 모두 집 안에 틀어박혀 있었다. 혼자 먹고 혼자 마시고 혼자 일하고 혼자 놀고 혼자 잠들고 혼자 일어나고 모든 것을 혼자 하는 그런 삶이 일상화되었다. 팬데믹이 남긴 생채기는 생각보다 크고 흉터도 깊었다.

잠시 생각에 잠겨있던 칼멘이 물었다.

"레다 씨 기억하세요? 언젠가 나도 소설을 한 번 써보고 싶다고 한 적이 있었지요?"

"네! 그런데 그 희망은 아직도 유효한가요?"

"물론이지요! 오브코스! 그건 내 결심에 짙은 줄을 쳐놓은 자신과의 약속이랄 수 있지요. 버킷 리스트랄까? 난 이번 기회에 그 이야기를 쓰기로 결심했답니다. 유노?"

칼멘의 말투에서 고집스럽고 절실함이 느껴졌다.

"아! 기억나네요! 언젠가 친구에 대한 이야기를 쓰고 싶다고 했지요? 구체적으로 어떤 이야기를 쓰려는 건지 몹시 궁금하네요."

"내 친구 이야기, 권총 자살한 친구이야기지요. 배신에 대한 이야기라고나 할까요? 오! 부디 그 친구가 영원한 안식을 얻기를. 레다 씨! 이제는 더 미룰 수 없다는 생각이 들어요."

칼멘이 가슴에 작은 성호를 그었다. 그리고 친구가 어쩐 일인지 요즘 자꾸 꿈속에 나타난다며 긴 한숨을 내쉬었다.

"그런데 레다 씨, 난 아직까지 한 번도 글을 써 본 적이 없으니 좀 도와주세요. 주제건, 내용이건, 모든 걸 부탁드려요."

나는 언젠가 잠깐 한 노인들 그룹에게 글쓰기를 가르쳤던 적이 있었다. 칼멘에게 그 이야기를 했었다. 그때 나는 '문예창작법' 교과서를 그대로 사용했던 데 불과 했었지만, 그 후로 칼멘은 나에게 글쓰기에 대해 가끔 문의하기 시작했다. 소설의 주제에 대해, 그리고 때로는 소설의 구성법에 관해서도 물어왔다. 그 때마다 나는 칼멘에게 글쓰기에 대한 내 개인적인 생각을 이야기해주었다.

"칼멘 씨! 글이란 누구나 다 쓸 수 있는 거예요. 더구나 쓰지 않고는 못 견딜 이야기라면 더 더욱 말이지요."

"오 마이 갓! 정말이에요? 누구나 쓸 수 있다면, 나도 쓸 수 있단 말인가요?"

칼멘이 고개를 갸웃하며 물었다.

"누구나 본능적으로 자신의 이야기를 하고 싶은 욕구를 가지고 있다는 말이지요. 내 말 아시겠어요?"

나는 칼멘에게 누구나 자신이 하고 싶은 이야기를 쓸 수 있다고 설득시켰지만 칼멘은 그보다 먼저 자신의 이야기를 들어달라고 고집을 부렸다. 나는 어리둥절했다.

"레다 씨! 내가 이야기를 하는 날은 꼭 폭풍이 휘몰아치는 날이라야 해요."

"네? 그건 또 왜죠?"

"비가 오고 바람이 부는 그런 극적인 날 내 이야기를 하는 게 안성맞춤이지요. 에밀리 브론테의 '폭풍의 언덕'처럼 말이지요. 유 노 왓?"

나는 칼멘의 엉뚱한 발상이 궁금했지만 어쨌든 그녀의 이야기를 들어주는 데는 문제가 없다고 생각했다. 자신의 이야기를 풀어놓고, 글을 쓰는 것이 책 읽어주는 그녀의 직업에도 도움이 되리라고 생각했다.

"원더풀! 우리의 디데이를 위하여!"

자신의 이야기를 들어주겠다고 하자 칼멘이 기뻐하며 갑자기 커피 잔을 높이 들어올렸다.

느닷없이 '폭풍의 언덕'의 명대사들이 내 머릿속을 비바람처럼 스치고 지나갔다.

'내가 그를 사랑하는 건 그가 나보다도 더 내 자신이기 때문이야.'

나는 이제야 그 말의 뜻을 이해할 수 있는 나이가 된 것 같았다.

'그 애와 내 영혼은 같은 물질로 만들어져 있어.'

'그가 사라진다면 이 우주는 아주 낯설어질 거야.'

사랑을 잃은 이들에겐 스스로 목숨을 끊어야 할 만큼 이 우주가 낯설어지게 마련인 것이다.

"그러니까 '폭풍의 언덕'이란 소설은 폭풍의 언덕이 아니라 폭풍 같은 사랑이라고 불러야 옳겠지요!"

칼멘이 나의 말에 고개를 끄덕이며 동의했다.

"레다 씨! 우리 폭풍이 오는 날, 함께 와인이라도 마시며 이야기를 나누도록 해요. 레다 씨에게 꼭 들려주고 싶은 이야기를 하게 해 주세요. 프리이즈!"

"어머나! 칼멘 씨의 '폭풍' 같은 지난 사랑의 이야기라도 하려고요?"

"레다 씨! 세상에 아직도 히스클리프와 캐더린의 사랑 같은 그런 순수한 사랑이 남아 있을까요?"

"물론 남아 있어야지요! 남아 있는 게 정상이 아닌가요?"

칼멘은 내 말에 고개를 옆으로 저었다.

"오 마이 갓! 그럴까요? 내가 보기엔 요즘은 사람들이 사랑에 빠져들기보단 저마다 이상한 나르시시즘에 빠져 있는 뒤죽박죽인 세상이다 보니… 유 노 왓?"

"?"

칼멘의 단호한 부탁을 거절할 용기가 없었던 나는 그날 칼멘과 굳게 약속을 하고 말았다. 칼멘은 자신과 친구의 이야기를 들어본 후 과연 자신이 글을 써서 발표를 해야 할지, 어떨지, 의견을 달라는 것이었다.

하지만 나는 그 약속을 대수롭게 생각하지 않았다. 폭풍우가 휘몰아치는 날 자기 이야기를 들어달라는 것인데, 여간해서는 비가 오지 않는 사막에서 그런 약속은 없는 것이나 마찬가지라고 생각했다.

그 날은 아침부터 비가 왔다. 나는 비가 오는 날을 축복받은 날이라고 생각해왔다. 사막인 엘에이는 비가 오는 날이 드물기 때문이었다. 한동안 메마른 날씨가 계속되더니 며칠 동안 믿기 힘들만큼 많은 양의 먹구름이 벨리에까지 몰려들었다. 나는 어제 밤 꿈을 생각했다. 빗소리를 들으며 잠이 들어선지 꿈속에서도 비가 내리고 있었다.

사람들은 그곳이 '폭풍의 언덕'이라고들 했다. 나는 눈을 뜰 수 없을 정도로 몹시 바람 부는 언덕 위에 홀로 서 있었다. 로크우드처럼 히스클리프의 저택으로 찾아가 히스클리프를 만날 작정이었다. 히스클리프에게 묻고 싶었던 이야기가 있었다. 그 저택을 가본 적이 없었던 나는 폭풍의 언덕 위에 초조하게 서 있었다. 나는 히스클리프를 꼭 만나고 싶었다. 그의 무모하고 광적인 사랑에서 사랑의 고귀한 진정성이 느껴졌다. 이윽고 두 아이의 모습이 나타났다. 어린 히스클리프와 캐서린이었다. 두 아이는 손을 잡고 폭풍의 언덕 아래로 뛰어가고 있었다. 캐더린의 치맛자락이 바람에 팔랑이다 바람 속으로 사라졌다. 바람에 섞여 먼지와 삭정이까지 날리는 대기는 몹시 탁했고 앞이 뿌옇게 흐려졌다. 언제나 히스클리프를 만날 수 있을까? 걷잡을 수 없는 한기가 느껴졌다. 천둥번개가 치고 나는 분명 고뇌로 일그러진 히스클리프의 얼굴을 본 것 같았다.

"앗!"

기절할 듯 놀라 눈을 떴다. 아침이었다.

오전부터 바람을 동반한 비가 쏟아지기 시작했다. 커피를 마시며 창밖을 내다보았다. 시간이 지날수록 비바람은 점점 더 거세졌다. 폭풍이었다. 일기예보에서는 놀랍게도 장마시즌이 시작되었다는 소식이었다. 믿을 수가 없었다. 뭐? 한국도 아닌, 뉴욕도 아닌 캘리포니아에서 장마가 시작되었다고? 무슨 날씨가 이렇게 제멋대로람! 정말 기후 위기인가?

약속한 대로 칼멘에게서 벼락같이 연락이 왔다. 비가 오고 바람이 부는 오늘의 만남을 위해 저녁식사와 좋은 와인도 준비해 놓았다고 했다.

"내가 오늘을 얼마나 기다렸는지 모르실 거예요! 제발 폭풍을 보내달라고 하느님께 기도까지 드렸다니까요. 믿으시겠어요? 혹시 정전이라도 될까 해서 촛대와 초까지 모두 다 준비했어요. 그러니 우리 함께 식사를 끝내고 천천히 와인이라도 마시도록 해요. 빗소리를 들으며 말이지요. 하우 원더풀?"

칼멘이 잔뜩 부푼 풍선처럼 경쾌하게 말했다.

약속대로 칼멘의 집을 찾아가기로 했다. 칼멘의 집은 언덕 위에 자리 잡고 있었다. 바람은 점점 더 거세졌고 빗발이 굵어졌다. 바람이 불때마다 차가 덜컹이며 휘청거렸다. 칼멘에게 어떤 조언을 해줄 수 있을지는 나도 알 수 없었다.

칼멘은 이전의 나쁜 기억들을 모두 잊고 앞으로 남은 날들을 기쁘게 살아가기 위해 자신의 과거를 털어놓고 싶다고 했다. 친구를 좀 더 이해하고 싶다는 것이다. 칼멘과의 약속 시간이 가까워올수록 폭풍은 점점 더 심해졌다. 비는 전혀 개일 기미를 보이지 않았다. 하늘은 먹구름이 끼어 어두컴컴했고 일찍 밤이 온 것처럼 한껏 어둡고 축축하고 음산한 날이었다.

칼멘의 집을 겨우 찾았을 때, 앞을 보기 힘들 정도로 비가 쏟아졌고 바람이 세게 불었다. 마치 '폭풍의 언덕'으로 찾아든 것 같았다. 벨을 누르자 칼멘이 번개처럼 뛰어나와 반갑게 맞아주었다.

"언빌리버블! 비가 억수같이 쏟아지네요. 어서 들어와요! 오시느라고 고생 많으셨어요!"

칼멘의 집은 작았지만 아늑했다. 음식냄새가 진동하고 식욕이 솟았다. 저녁식사는 가지와 클램을 넣은 파스타와 익힌 아스파라가스와 샐러드였다. 저녁 식사가 끝나자 칼멘이 샤도네이chardonnay와 치즈, 포도가 담긴 안주를 거실로 가져왔다. 레다는 와인 잔을 들고 창밖을 내다보았다. 비는 그칠 줄 모르고 세차게 내렸고 바람이 창문을 덜컹거리며 흔들어댔다. 갑자기 정전이 왔다. 한 순간 사방이 칠흑 같은 어둠 속으로 잠겼다.

"정말로 언빌리버블한 날씨로군요! 오, 어쩜 이리도 비가 세차게 올 수 있지요? 레다 씨, 그래도 아무 걱정 마세요. 난 이럴 줄 알고 준비했어요."

칼멘이 침착하게 테이블 위에 준비해 놓은 촛대에 촛불을 켜놓았다. 집 앞으로 차가 지날 때마다 헤드라이트 불빛에 세차게 내리는 굵은 빗줄기의 가닥이 낱낱이 정체를 드러냈다. 촛불이 켜진 실내는 아늑했고 부드럽고 정감이 느껴지는 분위기였다. 나에겐 오랜만의 외출이었다. 나는 이토록 바람이 불고 비가 퍼붓는 늦은 저녁, 느긋하게 아늑한 기분에 휩싸여 와인의 향을 맡아본 적은 좀처럼 없던 일이었다. 나는 칼멘이 권하는 대로 창가에 자리한 리넨 코치 위에 편히 기대앉았다. 칼멘이 마치 책을 낭독하는 듯한 어조로 자신의 친구 이야기를 쏟아내기 시작했다. 이야기는 강물처럼 흘러갔다.

"친구와 나는 아주 어릴 때부터 한 동네에서 살았어요. 소꿉친구였고, 교회도 함께 다녔고, 학교도 함께 다녔지요. 우리 동네엔 우리와 같은 또래의 호세란 남자아이가 있었는데, 우린 서로 좋아했고 늘 함께 어울렸지요. 나는 언제나 호세가 나를 좋아한다고 굳게 믿고 있었어요."

어느 날. 친구가 칼멘을 찾아와서 말했다. 자신이 새 삶을 살기 위해 먼 곳으로 떠나야 한다고.

"그때는 사실, 나도 새 삶을 찾기 위한 돌파구를 찾으려고 고민하던 시기였어요. 지금까지 살아왔던 좁은 세계에서 그만 좀 벗어나고 싶었지요. 유노?"

칼멘이 창밖으로 시선을 돌리며 이야기를 계속했다.

"오 마이 갓! 그 친구… 늘 나보다 한 걸음 빨랐지요. 언제나 그랬지요. 나보다 한 발짝 앞서가야 직성이 풀렸답니다. 뭐랄까? 늘 자신감으로 꽉차있는 캐릭터라고나 할까요? 아니면 뭔가 불안해한달까? 유노? 친구는 그날 호세가 자신의 약혼자라고 밝히더군요."

"어머나! 어떻게!"

"친구는 호세와 자신이 성공을 위해 함께 멀리 떠나기로 했다고 거침없이 말하더군요. 내 말 아시겠어요? 그리고 떠나기 위한 자금이 필요하다며 돈을 빌려달라는 거예요. 켄 유 빌리브 잇?"

"칼멘도 호세를 좋아했다고 하지 않았나요?"

"물론, 호세와 나는 서로에게 호감을 가지고 있었지만… 그땐 그저 고향 친구였을 뿐이었답니다. 암튼, 난 모아 놓았던 얼마간의 돈과 아끼고 아끼던 물건들을 주위 사람들을 찾아다니며 팔아서 돈을 마련해 그 친구에게 모두 주어버렸지요. 모두 줘버렸다구요. 내 말 아시겠어요?"

나는 놀라서 할 말을 잃은 채 칼멘을 바라보았다. 칼멘이 이야기를 계속했다.

"정말이지 그 후로 오랫동안 그 친구의 소식조차 모르고 살아왔어요."

"그럼 그 친구는 그동안 칼멘에게 아무 소식도 보내오지 않았다는 말인가요? 그렇게 돈을 빌려가고도."

"그래요! 아무 소식도 없었어요. 워낙 살기 바빠서 한동안 그 친구를 까맣게 잊고 살아왔어요. 무소식이 희소식이던데, 어디선가 잘 살고 있겠거니… 그저 그렇게만 생각했지요."

"그럼, 그 친구가 빌려간 돈은?"

"잠깐만이요, 빌려간 돈이라고요? 맙소사!"

칼멘이 와인 잔을 내려놓으며 담담하게 말했다.

"난 처음부터 그 돈을 돌려받을 생각이 전혀 없었어요. 그건 그렇게 중요한 게 아니니까. 유노? 난 그 친구에게 돈도 없고, 돈을 갚을 능력조차 없다는 걸 잘 알고 있었거든요. 내 말 아시겠어요?"

"아니, 그럼 그 친구에게 돈을 돌려받지 못할 걸 알고서도 그 돈을 빌려주었다는 말인가요?"

칼멘이 고개를 끄덕였다.

"말도 안 돼! 나로서는 정말… 알 수가 없네요! 내가 보기에 칼멘은 천사 아니면 바보 같아요."

나는 그런 칼멘의 생각을 잘 이해할 수가 없었다. 그러나 칼멘에게는 분명 보통사람들이 이해할 수 없는 그런 면이 있었다. 일반인들과는 세상을 보는 눈이 달랐다. 세상을 대처하는 방법도 다른 이들과는 전혀 달랐다.

"어느 날 그 친구의 전화를 받았어요."

칼멘이 아련하게 말했다. 창밖에선 빗소리가 점점 더 거세지고 바람에 무언가 날리는 소리가 '쿵!' 하고 들려왔다. 정전은 좀처럼 끝날 줄 몰랐다. 정전이 된 길 역시 출구가 막힌 동굴처럼 깜깜했다.

"그 날은 공교롭게도 폭풍이 무섭게 불던 날이었어요! 오늘처럼."

한동안 묵묵히 빗소리에 귀 기울이던 칼멘이 입을 열었다. 오랫동안 소식이 끊겼던 친구는 칼멘 부부가 자신만을 애타게 기다리고나 있었다는 듯이 당당하게 그들 앞에 나타났다.

"난 결혼을 하고 가정을 이룬 후 아이들을 키우며 세월이 어떻게 가는지도 모르게 살아왔어요. 정말 열심히 살았지요."

칼멘은 남편과 늘 열심히 일을 하며 살아왔다고 했다. 그러는 동안 어느덧 세월이 흘렀고 아이들도 모두 집을 떠나 독립하는 시기가 되었을 때였다. 집에는 이제 칼멘과 남편만이 남아 있었다.

"오 마이 갓! 우리 집을 찾아 온 친구는 어찌된 일인지 몇날 며칠이 지났어도 자신의 집으로 돌아갈 생각을 안 하더군요. 내 말 아시겠어요?"

"그럼 그 친구는 빌려간 돈을 갚으려고 나타난 건가요?"

"오 노! 천만에요! 천만에요!"

칼멘의 집엔 마침 아이들이 함께 쓰던 방이 비어있었다. 칼멘은 고향 친구를 한동안 자신의 집에서 묵게 했다. 그렇게 친구는 칼멘의 집에서 묵으며 세월을 보내고 있었다.

"우리는 친구가 떠나길 기다리다 마침내 물었지요. 이제는 집으로 돌아가야 하지 않느냐고요. 친구는 갈 곳이 없다고 대답을 하더군요. 돈도, 영주권도 아무런 세상을 살아갈 기반을 마련하지 못했다고 고백하더군요. 우린 그 친구가 그동안 이 미국에서 어떻게 살아왔는지도 알 수 없었지요. 친구는 그때부터 아주, 저의 집에서 기거하게 된 셈이었지요."

"그 친구는 일도 안했나요?"

"우리는 그동안 여러 번 회사 보스에게 얘기해 친구에게 일을 할 수 있도록 주선해주었지요. 최선을 다했어요. 언빌리버블! 그 친구는 한 곳에서 오랫동안 일을 하지 못하는 성격이더군요. 어렸을 때는 그렇지 않았던 것 같았는데… 친구는 일을 계속하는 대신 또 다른 할 일이 있다거나, 몸이 아프다며 직장을 그만두곤 했어요. 유 노?"

"…"

"젠장! 직장에서 종일 일을 하고 돌아온 내가 몹시 피곤한 날도 그 친구는 별 도움이 되지 않더군요."

때로 칼멘은 친구가 남편과 정원의 벤치에 앉아 와인을 마시며 오랫동안 이야기하는 광경을 보곤 했다.

"그래도 친구를 원망할 수가 없더군요. 내 말 이해하시겠어요?"

"그럼 칼멘 남편은 그 친구에게 떠나달라고 하지 않았나요?"

"어찌된 일인지 남편은 친구를 보내지 말라고 하더군요. 언빌리버블! 아! 내 남편에 대해 아직 밝히지 않았군요."

칼멘이 잠시 후 말했다.

"내 남편이 바로 그 호세였어요. 믿을 수 있으세요? 유노?"

"뭐라구요? 호세라면 그 고향 친구 말인가요? 친구와 새로운 삶을 살기 위해 더 큰 세상으로 떠났었다던?"

"네! 맞아요! 그 호세였지요."

순간 엉뚱하게도 '폭풍의 언덕'의 한 장면이 떠올랐다. 히스클리프가 하인이기 때문에 결혼할 수 없다고 괴로워하는 케더린의 말을 들은 히스클리프는 바람처럼 그동안 캐더린을 사랑하며 그럭저럭 몸을 의지하며 살아오던 언쇼댁이 있는 워더링 하이츠에서 아주 자취를 감추고 만다. 히스클리프는 마음의 상처를 안고 캐더린을 떠나 더 큰 세상으로 떠난다.

나는 책에서는 더 이상 읽을 수 없었던 대목인 히스클리프의 그 후의 행적에 대해 아니, 그의 심리상태를 여러 가지로 추측해 보곤 했다. 그는 케더린의 말을 듣고 실망한 나머지 케더린을 자신의 마음속에서 지워버리려 노력했을까? 신분 때문에 이루어질 수 없었던 만큼 신분상승을 위해 분투했던 걸까? 나는 사랑과 욕망과 증오의 대명사 같은 히스클리프의 심리상태를 혼자 더듬곤 했다.

결국 호세는 히스클리프처럼 사랑하는 여인에게 배신을 당했지만 히스클리프와는 달랐다. 호세에게 그 사랑의 흔적은 전혀 남아있지 않은 것 같았다. 단지 옛 애인에 대한 동정심으로만 남아있을 뿐이었다. 동정심 역시 집단무의식 같은 인간의 의식의 한 원형인지 몰랐다.

"그 호세라면 친구와 연인관계 아니었나요? 호세는 친구와 함께 새 삶을 위해 고향을 떠났다고 하지 않았던가요?"

"맞아요! 그 호세였어요. 그래요! 친구는 한때 호세와 사랑하는 사이였지만 고향을 떠난 후 얼마 안 있어 서로 헤어졌다고 하더군요. 그 친구에게 새로운 애인이 생겼다는 거예요? 언빌리버블!"

칼멘은 친구와 헤어져 다시 고향으로 돌아온 호세와 우연히 재회하게 되었고, 결혼을 했다고 했다.

칼멘이 일을 하러 간 동안 친구는 옛 애인이었던 칼멘의 남편 호세를 설득했고 호세는 칼멘에게 궁지에 몰린 그 친구를 미국에서 합법적으로 살 수 있도록 도와주자고 했다. 친구 역시 칼멘의 집에서 좀처럼 나갈 생각을 하지 않았다. 알고 보니 친구는 결국, 영주권을 얻기 위해 칼멘의 집에 그토록 오래 머물고 있었던 것이다.

"아니 저런, 세상에!"

나는 멍하니 칼멘을 바라보았다.

"아니, 그럼 칼멘 씨는 그런 이유로 남편과 이혼을 했다는 건가요? 믿을 수 없어!"

"네, 난 남편의 말대로 이혼을 했지요."

"친구를 위해 남편과 이혼을 했다니… 어떻게 그런 일을… 전에도 말했지만 칼멘 씨는 바보 아니면 천사로군요! 그럼 남편과는 그렇게 헤어지고 끝인가요?"

나의 물음에 칼멘이 고개를 옆으로 저었다.

"아니요! 그렇지 않아요. 그렇게 간단하지 않다구요! 남편과 나는 사실 그 친구를 도와주려고 잠시 이혼을 한 거였고, 친구가 영주권을 받고 나면 남편과는 다시 재혼을 할 작정이었지요."

칼멘은 남편과는 여전히 사랑하는 사이였고 단지 사정이 딱했던 친구를 돕기 위해 이혼을 했을 뿐이었다고 했다. 그땐 그 이외에 다른 방법이 보이지 않았다는 것이다. 칼멘이 긴 한숨을 내쉬었다.

아무튼 그렇게 해서 칼멘은 남편 호세와 이혼을 했고, 친구는 남편의 도움으로 무사히 영주권을 받게 되었다고 했다.

“우리는 친구가 하루라도 빨리 영주권을 받기를 기다렸지요. 영주권을 받으면 친구는 법적으로도 독립할 수 있었으니 우리 집에서 나갈 것이라고 생각했어요. 유 노, 왓 아이 민?”

칼멘의 남편은 그 친구와의 이혼을 서둘렀다. 하지만 친구는 이혼할 것을 거부했다.

“오 마이 갓! 친구는 이혼을 요구하는 남편의 말을 끝까지 듣지 않더군요. 언빌리버블! 오히려 그 친구는 내 남편 호세와 결혼을 하고 나자 남편에게 고백했다는군요. ‘자신은 이 세상에서 오직 호세만 사랑한다고.’ 친구는 정말 상황을 난처하게 만들었지요! 남편 호세는 먼 시간 전엔 그 친구의 애인이기도 했었으니까요.”

나는 탄식이 저절로 나왔다.

“호세는 친구를 동정했던 거라고 하더군요. 친구가 불쌍해서 도와주고 싶었다고요. 이해가 되세요? 나 역시 남편의 태도에 혼란을 느꼈지요. 동정과 사랑은 거의 유사한 감정 아닌가요? 안 그래요? 내 말 아시겠어요? 남편도 그때 친구에게 심한 배신감을 느꼈다고 하더군요. 우린 정말 그 친구의 실체조차 모르고 당했던 셈이었어요.

유노?"

"정말 황당하군요. 세상이 무서워지네요."

친구는 칼멘의 집에서 자신이 설 자리가 없다고 생각했던지 영주권을 받은 후 칼멘의 남편과 이혼을 하지도 않은 채 행방을 감추고 말았다.

"정말 제멋대로군요. 그래서요?"

"친구는 남편에게 '자신과 함께 살자.'고 애원을 했다고 하더군요. 남편이 자신의 말을 듣지 않자 이번에는 '남편이 자신을 속이고 사기결혼을 했다.'며 남편에게 협박을 가해왔어요. 나중에는 이민국에 신고를 하겠다고 하더군요. 친구는 우리에게 여러 번 이상한 사람들을 보내오며 협박을 했어요."

"저런!"

"결국 이 일을 해결하기 위해 남편이 그 친구를 찾아갔었지요. 그러나 남편은 그 친구에게 충격을 받은 후 쓰러져 혼수상태로 있다 세상을 떠났지요."

칼멘은 남편의 소지품을 정리하다가, 남편이 가지고 있던 생명보험증서를 발견하게 되었다.

"훨씬 나중에서야 친구가 남편의 생명보험금까지 타낸

사실을 알게 되었어요. 오 마이 갓! 그건 사실 법적으로는 합법적이었고요. 법적으로 둘이 부부로 되어 있었으니까요."

칼멘은 그 후로는 다시 그 친구를 찾을 길이 없었다고 했다.

"오랜 세월이 흘러서, 동네신문을 읽다 우연히 제 친구가 권총자살을 한 사실을 알게 되었지요. 등잔 밑이 어둡다고, 글쎄, 그 친구는 아주 가까운 곳에 살고 있었더군요. 지금까지도 이 모든 일이 수수께끼 같았어요. 물론, 나도 친구가 원망스럽고… 그 친구가 자살한 사실에 대해서 어쩔 수 없이 심한 배신감을 느끼게 되더군요. 그 친구가 끝까지 제 앞에 나타나지 않았으니 자초지종을 묻고 싶어도 물을 수가 없게 되어버렸지만요."

칼멘은 젊을 때부터 호세와 자신의 노후를 위해 열심히 일을 해왔기 때문에 노후에는 편하게 하고 싶은 일을 하며 살고 싶었다고 했다. 실제로 칼멘과 남편은 풍족하지는 않아도 그런대로 편안한 노후를 보낼 수도 있었다. 칼멘은 은퇴할 계획이었지만 재정적으로 차질이 생기는 바람에 지금까지도 계속 일을 하게 되었다.

"그래도 그렇지, 어쩌다가 그렇게까지 된 거지요?"

"내 친구는 남편과 결혼하게 되자, 교묘하게 남편의 모든 재산권까지 차지해버렸어요. 그러니 이혼을 하지 않았던 거지요."

"어떻게 그런 일을 진작 생각하지 못했을까?"

"우린 그저 순진하게 고향 친구를 도울 생각만을 했던 거지요 그런 상황을 이용해 그 친구가 남편의 개인 구좌까지 차지하게 될 줄이야 어떻게 상상이나 했겠어요? 순진하기만 했던 우리가 잘못이었던 걸 누굴 탓하겠어요? 안 그래요?"

"정말, 모를 일이군요! 자신을 도와준 고마운 친구들을 그렇게 배신할 수 있다니… 사람이 무서워지네요."

"배신이야 그렇다고 해도 한 가지 이해할 수 없는 일이 있어요. 그 친구가 자살을 했다는 사실 말이지요."

"맞아요! 자살을 했다면, 칼멘 씨가 하게 생겼는데 어떻게 그 친구가 했을까요?"

"그 친구는 그런 친구였어요. 어릴 때부터 그랬어요. 무엇이건 나를 앞서가야 직성이 풀리는 친구… 죽음에 이르기까지도 말예요."

"그 친구, 성급하게 모든 것을 성취하려다가 결국 스스로 파멸한 거겠지요."

“그렇게 생각하세요? 그렇게 생각하는 게 맞을지도 모르죠”

칼멘이 심각한 표정으로 창밖을 내다보았다.

“물론, 나도 그 친구 때문에 한동안 괴로웠어요. 지금도 당연히 힘들구요. 그래도 그 친구를 그저 인간의 한 원형이라고 보게 되었어요. 인간이라는 존재가 원래 그렇게 되어먹은 것 아닌가? 그 친구는 단지 인간의 모든 습성을 그대로 답습한 것뿐이라고요. 어떻게 생각해보면 친구가 특별히 잘못한 건 하나도 없어요. 사실 인간들은 모두가 그렇게 생겨먹은 거라구요. 윤리니 도덕이니 정의니 그런 것으로 포장되어 있을 뿐이지요. 안 그래요?”

칼멘이 자세를 바로하며 음울한 목소리로 연극배우처럼 이야기를 이어갔다. 이야기는 강물처럼 흘러갔다.

“우리 인간들은 어떤가요? 지금부터가 내가 정말 하고 싶은 이야기예요. 인간들은 이 지구에서 그저 무엇이건 가지려고만 하지 않았나요? 레다 씨, 결과적으로 난 이렇게 일을 계속하게 되었지만, 나름 사람 만나는 일을 좋아했고, 좋은 사람들을 만날 수 있었기 때문에 내 일을 좋아하지요. 단지… 이번에 친구 이야기를 쓰고 싶다고 생각하면서 그 친구를 좀 더 이해하고 싶었지요. 그 친구가 왜 그렇게 파멸하지 않으면 안 됐는지… 더 늦기 전에 그 사건을 다시 정리해 보고 싶은 거예요. 내 말 알아들으시겠지요?"

"아니, 단지 그게 칼멘 씨가 글을 쓰고 싶은 이유의 전부라고요?"

나는 놀란 나머지 칼멘의 얼굴만 바라보았다.

"레다 씨! 그럼 이제 와서 죽은 친구를 원망하겠어요? 원망해서 뭐하겠어요? 난 단지 그 친구가 죽지 않을 수도 있었던 게 안타까울 뿐이랍니다."

"하지만 난 칼멘 씨가 그 친구로부터 받은 피해 때문에 생긴 정신적 스트레스를 풀기 위해 글을 쓰고 싶어 하지 않을까 그렇게 생각했지요. 보통 그렇지 않나요?"

"보통은 그렇겠죠. 오브코스, 충분히 이해합니다. 하지만 지금 생각해보면 그 친구는 오로지 자신의 생존만을 위해 필사적이었던 것뿐이죠. 그렇게 발버둥치는 옆에 있던 우리가 엉뚱한 고통을 당했던 거고요. 인간들이 대게 그런 것처럼."

"아! 그러고 보니 결국 칼멘 씨는 인간을 이해하고 싶어서 글을 쓰려고 했던 거군요. 과연…"

"결국 나도 별 수 없는 인간이니까요. 유노? 도대체 인간들이 이 지구에서 한 일이 뭐가 있지요? 기껏 착취나 하고 오염시키며 지구를 더럽히기만 했지요. 그것도 공짜로 말이지요. 결국 내 친구와 하나도 다르지 않지요? 안 그래요? 폭풍이 올 시기도 아닌데 도대체 왜? 비는 그치지 않고 이토록 내리는 건지? 어제 일기예보에서 그러더군요. 이상기후 때문에 이번 비도 좀처럼 그치지 않을 거라고요. 이상 기후란 원래 그런 거지요! 언제 그만두어야 할지 모르고 이상한 기후가 계속되는 것."

"칼멘 씨 말이 맞아요! 지구는 지금 몹시 화가 나 있는지 모르지요."

창밖에서는 폭풍이 가실 기미가 보이지 않았다.

얼마 전 동생에게 들었던 이야기가 생각났다. 동생은 대 저택들이 들어서 있는 맨해튼의 몰락이 도저히 믿어지지 않는다고 했다. 맨해튼의 집값은 폭락했고, 지금 도시는 비어가는 중이라고 했다.

"언니, 이제 곧, 온난화로 허드슨 강변의 수위가 1미터쯤 높아질 거래! 맨해튼도 이제 모두 물속으로 풍덩! 잠기게 될 거래! 마치 베네치아처럼."

베네치아! 물속에 푹 잠긴 도시 베네치아의 아름다운

정경을 눈앞에 떠올렸다.

파리에서 만난 친구에게 유럽의 어느 곳을 먼저 가보아야 하는지 물었을 때. 망설임 없이 베네치아를 가보라고 했다. 파리에서 만난 친구는 아름답고 신비한 도시 베네치아가 물에 잠겨 없어지기 전에 어서 서두르라고 했다.

파리에서 쿠우모행 밤기차에 올라 쿠우모에 도착한 후 그곳에서 베네치아행 기차를 타고, 베네치아를 찾았을 때는 우기여선지 도시 전체가 축축하게 물 안에 잠겨있었다. 바닷물에 자주 침수되는 탓인지 울퉁불퉁하게 마모되어 있던 산마리노 성당 바닥을 첨벙거리며 다녔던 기억은 지금까지도 인상적이었다.

"칼멘 씨, 물에 잠겨 사라질 거라던 베네치아는 아직까지 건재하고 있지 않아요?"

"언빌리버블! 그래도 나는 베네치아가 가장 위태롭게 느껴져요. 당장이라도 사라져버릴 것 같은 도시니까요. 유 노?"

칼멘이 힘이 들어간 목소리로 말했다.

"레다 씨! 내가 왜 친구에게 함부로 화를 낼 수 없었는지… 왜 이토록 지구에게 미안한 건지… 이젠 아시겠지요?"

비는 점점 더 세차게 내렸다. 바람소리도 점점 더 거세지고 있었다. 폭풍은 쉬 가라앉지 않을 기세였다. 정전은 더 오래 지속될 것 같았다. 칼멘이 더 많은 촛불을 테이블로 가져왔다.

"얼마 전 중부의 폭풍만 해도 그래요! 30마일도 감당하기에 벅찬데 100마일이 넘는 폭풍이 와서 집도, 나무들도, 자동차도, 전봇대도 뿌리 채로 중부의 도시를 초토화시켜버렸어요! 지구도 이젠 정신을 잃은 거지요. 온 도시가 다 물에 푹 잠겨 있더군요. 사람들이 모터보트를 타고 위기로 몰린 사람들을 구명했지요. 그 많은 손실을 어떻게 복구할 수 있지요? 캘리포니아의 산불도 마찬가지지요. 하긴, 그런 재해란 결국 언젠가는 비가 그치고 물이 빠지고 불이 꺼진 후에 도시를 복구하면 되는 일이지만, 정말 심각한 문제는 북극의 문제지요. 레다 씨도 잘 알고 있겠지만 지금 만년설이 모두 녹아서 말이 아니라는군요. 그 툰드라tundra라는 얼음 땅 시베리아의 얼음이 모두 녹아버렸단 말이에요. 북극에서 잠자던 빙하기의 바이러스 공주님들이 아직 왕자님이 깨우기도 전에 잠에서 깨어나 작정하고 만만한 숙주를 찾아 공중을 둥둥 떠다니는 세상이 온 거예요! 내 말 아시겠어요? 그 뿐만이 아니라 지구의 허파라는 아마존의 산불이 꺼지지 않고 있다니…"

"나도 들었어요. 그 산불은 인위적 산불인지 자연재해인지…"

"아마존뿐만이 아니지요! 지금, 미국의 서부의 산들도 온통 타고 있지 않아요?"

"맞아요! 우린 지금 아직껏 모르던 세상을 살기 시작한 거예요. 우리 인간들은 이제 알 수도 없고 이해할 수도 없는 디스토피아dystopia로 페데기쳐진 거라고요. 그러니까 과거를 알고 미래를 대처하던 시대는 모두 지나갔다는 얘기지요? 우린, 과거에 경험해보지 못한 미지의 세상을 살아가야하는 거라고요. 또 다시 개척시대로 돌아간 셈이라고요. 아시겠어요? 결국, 우리 인간들은 대책이 없는데다 악랄하기가 칼멘 씨의 고향 친구보다 한층 악랄하고 한심한 거예요!"

"하지만 우리가 지구의 운명을 책임질 수 있는 것도 아니니 답답하기만 한 거죠! 할 수 있는 일이 거의 없으니 말예요"

"하긴 그래요! 나만 하더라도 누릴 거 다 누리면서 말로만 걱정하는 척 할 뿐이니 부끄러울 뿐이죠. 안 그래요?"

"하지만 당장에 할 일이 없으니…"

"그럴까요? 할 일이 전혀 없다며 아무 일도 안 하면서 걱정만 하는 것도 한심한 일이죠. 적당히 흥청망청 사는 건 죄를 짓는 일이고요. 그래서 난 아주 작은 일이라도 실천하기로 했어요."

"무슨 일을?"

"우선은 고기를 안 먹기로 했어요. 책에서 읽었는데, 육식을 줄이기만 해도 상당히 도움이 된다는군요. 이것도 책에서 읽은 건데요. 종이 한 장 아껴봐야 그게 무슨 도움이 되랴 싶지만 백만 명이 종이 한 장을 아끼면 지구에 큰 도움이 된다는군요. 그만큼 나무를 안 베도 되니까요. 이왕 생활용품을 아끼자는 이야기가 나왔으니 말인데 일회용 종이 접시나 플라스틱 접시, 스티로폼 접시들과 플라스틱 나이프나 포크도 역시 안 쓰려고 결심했어요."

"브라보! 브라보!"

나는 진심으로 칼멘에게 박수를 보냈다. 그런 작은 노력들도 앞으로 몇 년 후면 지구에 많은 변화를 가져올 게 분명했다. 지금 바다 위를 둥둥 떠다니고 있다는 거대한 플라스틱 쓰레기 섬의 크기와 수효도 많이 줄어들 것이 분명했다. 그런 예감은 벌써부터 나의 마음을 설레게 했다.

사실, 지금까지 말로 멋진 이론을 늘어놓는 책이나 사람은 많이 보았지만, 실천을 약속하는 사람은 별로 만나보지 못했다.

"칼멘 씨는 정말 대단한 바보 아니면 굉장한 천사로군요."

"아, 이왕이면 천사로 해주시죠! 아니, 어쩌면 바보 천사인지도 모르겠네요. 천사는 똑똑해야 한다는 법은 없겠죠?"

"그렇긴 하지만, 바보 천사라니 어쩐지…"

"천사는 이것저것 따지고 계산하고 그러지 않으니 요새 사람 눈으로 보면 어수룩한 바보 아닌가요?"

"그건 그렇지만… 아, 좋은 문구가 생각났어요. 천사는 고기를 먹지 않는다! 어때요?"

우리는 조용히 웃었다. 인간들 때문에 당하는 지구의 고통을 생각하면 어쩐지 크게 웃을 수 없었다.

폭풍이 점점 더 심해졌다. 무언가 무너져 내리는 소리와 함께 폭풍은 창문과 기둥과 집 전체를 세게 흔들어댔다.

집으로 돌아가야겠다는 생각이 간절했지만 비바람이 세차게 휘몰아치는 캄캄한 거리로 나설 엄두가 나지 않았다. 밖을 내다보려고 창문 앞에 서니, 거기 내 모습이 촛불에 흔들리며 서 있었다. 사랑을 잃고 폭풍의 언덕 위에 외롭게 서서 황량한 바람소리를 들으며 망연히 서 있는 한 남자의 모습이 떠올랐다. 문득 아득한 생각이 들었다. 나는 지금 어디에 있는 걸까? 어디로 가려는 걸까?

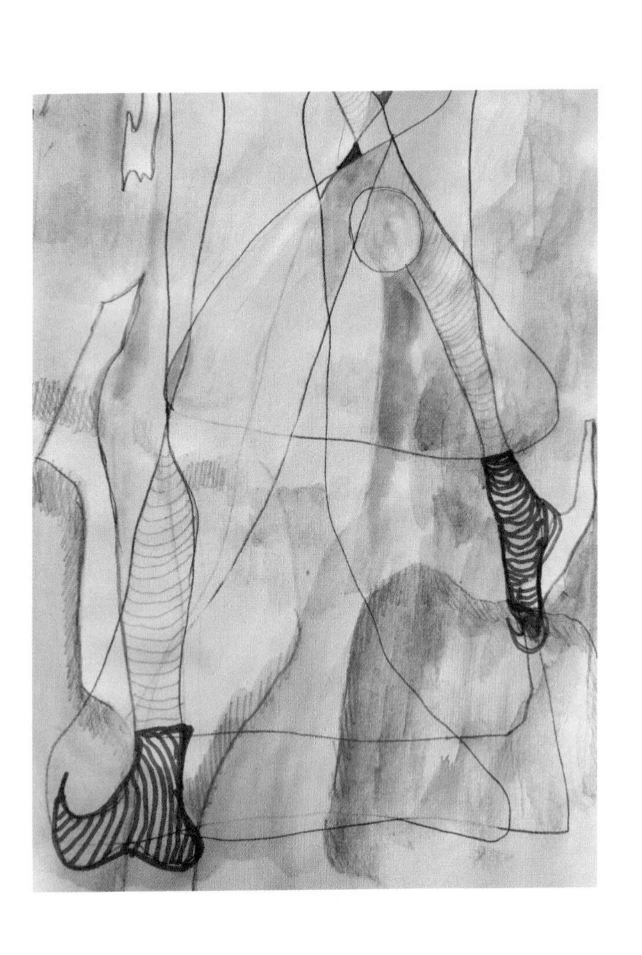

발푸르기스 밤의 왈츠

곽설리 연작
소
설

1

"레다! 나의 사촌 바니가 요즘 심한 우울증을 앓고 있어요."

칼멘이 말했다.

"세상에! 바니에게 무슨 사연이라도 있나요!"

나는 무심코 물었지만 칼멘은 심각했다.

"사실, 바니는 평생을 모았던 전 재산을 잃었답니다. 유노?"

칼멘은 바니가 의기소침한 이유에 대해 말해주었다.

"가엾어라! 전 재산을 잃다니요."

나는 깜짝 놀랐다. 칼멘이 전해준 바니의 소식은 정말 뜻밖이었다. 칼멘은 평소에 자신의 사촌 바니가 성공적인 비즈니스 우먼이라고 자랑스럽게 이야기하곤 했었기 때문이었다.

"그래서 나는 요즈음 되도록 자주 바니와 만나 함께 시간을 보내려고 노력하고 있다고요."

칼멘은 사업에 실패하고 우울한 시간을 보내고 있는 바니와 만나 함께 식사하며 이야기를 나눌 때도 있지만 바니에게 책을 읽어주기도 한다고 말했다.

"참! 그러고 보니 바니는 어릴 때도 내가 책을 읽어주는 걸 아주 좋아했었지요."

칼멘이 미소지으며 말했다.

"그럼 요즘은 어떤 책을 읽어주고 있지요?"

바니의 사업 실패도 의외였지만 아직도 팬데믹이 끝나지 않은 요즘인 만큼 나는 칼멘이 과연 어떤 책을 선택했는지가 궁금했다.

"그래서… 난 요즘 바니를 만날 때마다 괴테의 '파우스트'를 읽어주고 있답니다. 왓 두유 씽?"

칼멘이 물었다.

"와우! 괴테의 '파우스트!' 그 책이야 말로 요즘 같은 때 읽기에 알맞은 책이지요."

"그렇게 생각하세요? 나는 지금 '발푸르기스 밤의 꿈'이란 대목을 읽고 있는 중인데, 마치 내 자신이 현실을 벗어나 17세기의 낭만과 환상 속으로 들어간 것 같은 착각이 들더군요."

"흠! 그러고 보면 우리들 삶이야말로 '한 여름 밤의 꿈' 같은 거예요. 그렇지 않아요?"

"맞아요! 정말 한 여름 밤의 꿈…"

칼멘이 내 말에 고개를 끄덕이며 미소 지었다.

'발푸르기스 밤의 꿈'은 요정들의 이야기다. 요정의 왕 오베론과 티타니아는 옥신각신 끝에 금혼식을 치른다. 세익스피어의 '한여름 밤의 꿈'과 같은 내용이다.

"레다, 난, 바니에게 우리가 살고 있는 현실을 좀 더 적나라하게 보여주고 싶었던 거죠. 사실, 요즘 우리의 현실이 비현실적으로 느껴지니 말예요."

칼멘이 말을 이었다.

"'파우스트'를 읽다보니 우리의 사회적 위기가 무엇인지 저절로 마음에 와 닿더군요. 현대의 우리 사회 속의 메피스토펠레스의 정체에 대해서도 생각을 해 보게 되고요. 결국 메피스토는 지금도 우리와 함께 있으니까요."

나는 칼멘의 말에 고개를 끄덕였다.

사실, 메피스토펠레스란 캐릭터는 어느 사회에서나 현존하고 있다. 특히 메피스토펠레스는 부와 명예에 대한 인간들의 어리석은 욕망과 집착을 꿰뚫고 있기에 그 욕망을 역이용하고 있는 것이다.

파우스트는 메피스토펠레스와 발푸르기스 밤을 함께 보낸다. 파우스트의 영혼을 탐내는 악마 메피스토펠레스로서는 그 악마적인 밤이 파우스트를 유혹하기 위한 적절한 밤이었을 것이다.

"레다! 난 '파우스트'에 등장하는 인물들 중에서도 메피스토펠레스란 캐릭터가 가장 돋보이더군요."

칼멘이 말했다.

"그렇게 생각하세요? 언젠가 파우스트 박사의 욕망과 갈등에 더 포커스를 두며 책을 읽었던 기억이 나는군요. 사실, 파우스트와 메피스토펠레스토란 캐릭터도 흥미 있지만 광대들과 마녀와 요정과 도깨비란 캐릭터 역시 재미있지 않아요? 하하하!"

"난 책이 아닌 현실 속에서도 종종 그런 캐릭터와 만날 때가 있어요."

"흠! 정말이요? 아주 재미있네요."

"아무튼, 마녀란 캐릭터! 상상만 해도 즐겁지 않아요? 땅에 질질 끌리는 검은 드레스에 검은 모자를 쓴 초록빛 얼굴의 마녀말예요."

"마녀란 그저 보기만 해도 비현실적이고 오싹해지는 캐릭터가 분명하지요! 하하하! 마녀가 나타나 허리를 구부리고 팥죽을 쑤는 장면을 상상해 본 적이 있으세요?"

"그런 상상이라니, 그 상상만으로도 아주 재미있지요. 오즈의 마법사에서도 보았지요? 긴 옷자락의 마녀가 낡은 빗자루를 타고 하늘을 나는 장면 말예요. 저절로 카타르시스가 느껴지지 않아요?"

"근데, 레다, 책을 읽다보면 종종 그 내용이 아주 절묘하게도 우리가 살고 있는 요즘 세상과 별로 다르지 않다는 생각이 들더라고요."

칼멘이 심각한 얼굴로 말했다.

"빗자루를 탄 마녀가 하늘을 나르지 않는달뿐, 지금 우리 사회 역시 그와 엇비슷하게 돌아가고 있는 건 사실이지요. 꼭 도깨비에게 홀려버린 것 같지 않아요?"

그렇다. 나는 다시 생각했다. 괴테의 상상은 이제 현실이 되었다고. 그러고 보면, 현대인들은 빗자루를 탄 마녀보다 더한 온갖 일들을 벌이고 있는 사실만 다른 셈이었다.

"며칠 전만 해도 윌슨 산의 산불 때문에 윌슨 산 위에 있는 천문대가 모두 타버릴 것 같아 모두들 걱정했었지 않아요?"

칼멘이 어깨를 움츠리며 말했다. 그랬다. 윌슨 천문대는 망원경과 허블 박사로도 유명하지만 아인슈타인 부처도 다녀간 적이 있었던 명소 중의 명소였다. 다행히도 산불이 천문대를 비껴간 덕분에 칠 억 불이 넘는 60인치 망원경이 손실되는 위기는 넘길 수 있었다.

"나 역시 그 위기의 순간 신경을 곤두세우며 산불을 지켜보았지요."

"그건… 모두들 그런 마음이었지요."

그것은 물론, 우주와 인간의 거리를 좁혀놓은 위대한 망원경이 있는 천문대 때문이었다. 나 역시 그랬다. 산불이 걷잡을 수 없이 번지던 그 순간 아수라장을 지켜보며 문득, 세상을 뜬 허블 박사와 아인슈타인 박사가 떠올랐던 것이다. 그리고 그때 두 위대한 천재 박사님들이 난감한 얼굴로 시커먼 연기구름 위에 앉아 갈팡질팡하고 있는 인간세상을 내려다보고 있는 것 같은 엉뚱한 상상을 했었다. 나는 또 인간 세상은 언제나 이렇게 깊은 근심과 걱정에서 헤어나지 못할 운명을 지녔는지 모른다는 생각에 자신도 모르게 푹 한숨을 내 쉬었다. 그때였다. 어디선가 '발푸르기스 밤의 왈츠'가 흘러나왔던 것이다. 그 순간,

밤의 검은 장막을 배경삼아 빗자루를 탄 마녀들이 소란을 피우며 산 위를 나르고 있었다. 빨간 도깨비불들이 갈지자로 윌슨 산등성이에서 비틀댔다. 거침없이 맹렬한 기세로 번져 온 산을 태우던 도깨비불들이 분명 메피스토펠레스와 나누는 이야기소리도 들려왔다.

도깨비 불 ; 오늘은 산이 온통 미쳐 날뛰고 있습니다요.

메피스토펠레스 ; 아니, 이놈 봐! 넌 지금 인간의 흉내를 낼 참이로구나.

도깨비 불 ; 이렇게 갈지자로 걷는 게 저희들의 버릇이랍니다만.

메피스토펠레스 ; 이놈아! 똑바로 걸어라! 악마의 이름으로 명령한다. 그렇지 않다면 네놈의 깜박이는 목숨의 불을 확 불어 꺼버릴 테다!

도깨비불처럼 미쳐 날뛰는 화마의 목숨을 단숨에 확 꺼버려 줄 메피스토펠레스라도 달려와주었으면 하는 심정이었다. 무심한 화마는 맹렬한 기세로 숲과 집까지 덮치며 모조리 태워버렸다. 화마가 지나간 자리엔 시커멓게 불탄 자리와 황폐한 재만 남아있었다. 연기와 재는 멀리에 있는 도시에까지 날아왔다.

2

“레다! 내 이종사촌, 바니예요. 기억하세요?”

“전에도 바니 얘기 한 적이 있었죠? 기억하고말고요.”

칼멘의 이종사촌 바니는 흰 리넨 바지에 연한 연두빛 튜닉 차림의 중년여인이었다.

“하우 두 유 두! 칼멘 언니에게 레다 씨 얘기는 많이 들었어요.”

바니가 칼멘과 나를 번갈아 바라보았다.

“칼멘이 무슨 얘길 하던가요?”

바니가 궁금한 듯 물었다.

“오우! 그건, 바니 씨가 칼멘의 유일한 사촌이고 소울메이트라는 이야기였어요. 유노?”

“레다! 혹, ‘바니 베이커리’라고 들어 본 적 있어요?”

문득 칼멘이 나에게 물어왔다.

“물론이지요!”

“내가 바로 그 바니 베이커리의 주인이었어요.”

바니가 말했다. 나는 깜짝 놀랐다.

“어머! 바니 베이커리라니… 내가 그곳을 얼마나 좋아했는데요?”

"오 마이 갓! 우리 베이커리를 기억하고 있다니… 언빌리버블!"

"바니 베이커리가 벨리에서 그토록 성황이었는데 어떻게 기억을 못하겠어요?"

바니 베이커리는 그때 베이커리 겸 샌드위치 집이었다.

"바니 씨, 난 아직도 그곳의 따끈따끈한 커피를 떠올리곤 한답니다."

"나도 그래요!"

칼멘이 말했다.

"오 마이 갓! 아직도 우리 가게 커피 맛을 기억해 주다니요? 언빌리버블!"

"그때, 방송국과 인터뷰를 한 적도 있었지 않아요? 그 유명한 앵커우먼 캐더린과 말예요."

"인터뷰도 기억한다니? 정말 대단하네요!"

"인터뷰까지? 오 마이 갓!"

칼멘이 금시초문이라는 듯 큰 눈을 더 크게 뜨며 놀랐다.

"물론이지요! 단골이었으니까."

나는 유명 앵커였던 캐더린 핏츠와 바니의 인터뷰를 떠올렸다.

"원래는 망해가던 보잘 것 없는 도넛 가게였죠."

바니가 앵커우먼 캐더린 핏츠에게 말했다.

"전 매일 아침 일찍 가게로 나와 커피를 끓였지요. 평소에 아이들에게 구워주던 과자를 꼭 커피포트 옆에 놓아두었고요."

"언제부턴가 가게를 찾는 손님들이 그 과자를 바니의 과자라고 부르기 시작했다고요?"

앵커가 물었다.

"다들 그 과자 맛에 익숙해졌겠지요! 그래서 모두들 바니의 과자를 찾더군요. 고객들은 그 과자에 길들여졌던 거지요. 그 과자를 힐링 과자라고 부르며 좋아해 주더군요. 하하!"

바니가 대답했다.

"오! 그건 모두 다 아는 사실이지요. 사람들은 늘, 어떤 방법으로든, 힐링을 원하지요. 오 마이 갓! 그 홈 메이드 과자는 도넛보다도 더 인기가 있었어요. 언빌리버블! 바니의 도넛가게가 인기를 끌고 손님이 많아지자, 더 큰 스토어로 옮겨야 했고요?"

앵커가 물었다.

"네! 그랬지요!"

"나는 바니의 과자가 꼭 돌아가신 제 어머니가 집에서 정성들여 구워주셨던, 뭐랄까, 음~ 비스키토 같은 깊은 추억의 맛이라는 생각이 들었지요. 어머니가 그리워질 때마다 바니 베이커리를 찾았을 만큼 '바니의 과자'는 추억과 정성과 사랑이 모두 녹아있는 그리움의 정서를 담고 있었지요."

"운이 따랐던지 방송이 나간 후부터 우린 유명세를 탔고 베이커리가 번창했지요."

칼멘이 고개를 갸웃하며 물었다.

"근데, 난 아직도 왜 가게의 문을 닫았는지 의문이었지요. 도대체 왜 번창하는 가게의 문을 닫은 거였지?"

칼멘이 물었다. 바니는 긴 한숨을 내쉰 후 입을 열었다.

"다 그럴 운명이었던 거지요. 그때, 우리 가게의 고객 중에는 제프라는 점잖은 신사가 있었어요. 제프가 우리 가게를 자주 찾아왔기 때문에 우리는 서로의 이름을 부를 만큼 허물없이 지내게 되었어요."

바니가 말했다. 스스로가 사업가라고 소개했던 제프는 그 후부터 자신의 친구들을 모두 '바니의 베이커리'로 보내준 고마운 고객이 되었다.

"제프의 덕분인지 손님도 더 많이 늘어났어요."

제프는 바니의 가게가 문을 닫을 무렵이면 늘 찾아와 바니 부부와 함께 커피를 마시곤 했다. 바니 부부와는 허물없이 무슨 이야기나 나누던 사이가 되었던 것이다.

"제프는 우리가 힘겹게 일을 하는 광경을 바라보며 늘 도움이 되어주고 싶다고 입버릇처럼 말하곤 했어요."

"왓? 도와주다니? 뭘? 그땐 비즈니스도 번창했을 때였는데?"

칼멘이 놀라서 바니에게 물었다.

"물론, 가게는 아주 바빴지만 건물도 오래된 건물이었고 늘 무언가 고장을 일으키는 등 문제가 많았어요."

"오우! 그랬었군!"

칼멘이 고개를 끄덕였다.

"사실, 남편도 너무 일을 많이 하다 보니 결국 허리 수술을 받아야 했었고요."

바니가 긴 한숨을 내쉬었다.

"수술을 받았지만 후유증이 아주 심해서 진통제를 달고 살아야 했어요! 그 뿐만 아니라! 나도 일을 너무 해선지 손목도 거의 쓰지 못할 지경으로 관절염이 도지고 있었고요. 개인적으론 이래저래… 힘든 시기를 보내고 있을 때였어요. 오 마이 갓!"

바니가 다시 푹, 한숨을 내 쉬었다.

"저런!"

여러 모로 심각한 위기에 몰려있던 바니 부부에게 제프는 '이제 그렇게 고생을 하지 않고도 잘 살 수 있도록 도와주겠다.'며 입이 닳도록 많은 이야기를 했다.

"몸도 마음도 약해진 남편이 제프의 말을 안 들을 수가 있었겠어요?"

"언빌리버블!"

칼멘이 고개를 옆으로 저었다.

발보다 빠른 소문이 바니의 몰락을 미리 예고했었다. 바니 베이커리는 이제 벨리에서 흔적도 없이 사라지고 말았다. 나는 생각했다. 소문이란 어쩌면 괴물 같은 건지도 모른다고… 소문은 늘 불온한 혹과 뿔을 달고 돌아다녔다. 사람들의 마음속 어디쯤엔 아마도 마녀나 도깨비가 우글거리고 있는지도 모른다. 발 없는 소문은 악의적이었고 진실과도 거리가 멀게 마련이었다.

"일단 C시로 갑시다!"

제프는 단호했다. 평소에 제프와 마음을 터놓던 바니의 남편은 제프에게 사업자금을 어느 정도 모아두었다는 사실을 이야기했다는 것이다. 바니의 남편은 가게 문을 닫고 은퇴연금에 돈을 넣은 후 쉬고 싶다는 계획을 제프에게 털어놓았었다. 알고 보니 제프는 바니의 남편을 자신이 투자하려고 하는 그 호텔의 파트너로 끼워주겠다는 제안을 했다는 것이다.

"우린 그 호텔을 보러 가기로 약속했어. 고향이 바다였던 우린 모두 다 바다를 몹시 그리워하면서도 그때까지도 바다라곤 가 본 적이 없을 때였어. 언빌리버블!"

제프가 바닷가의 고급 호텔 레스토랑으로 바니 부부를 초대했다. 그들은 그의 초대에 거절을 할 이유가 없었다. 바니가 말했다.

"그때부터였어요! 남편은 그동안 쌓였던 불만을 터뜨리기 시작했어요. 한번 터진 불만은 이제 수습할 수 없을 정도로 커져만 갔지요."

"저런!"

칼멘이 한숨을 내쉬었다.

"남편이 말하곤 했어요. 이제는 아주 지쳤다고요. 더 이상 도마와 화덕 앞에서 구부리고 서 있을 수 없다고요. 무엇보다 남편은 허리가 너무나 아프다며 잠을 설치곤 했어요!"

"아무튼, 그래서 제프가 하라는 대로 했다고?"

"제프는 그때 아주 성공한 사업가였어요. 남편의 롤 모델이었지요. 남편이 말하곤 했지요. 우리에게도 그동안 힘들게 벌어서 모아놓은 자금이 좀 있었는데 그 자금을 모두 제프가 이야기한 곳에 투자를 하자고요."

바니가 갑자기 하늘을 바라보며 성호를 크게 그었다.

"바니! 그 은퇴를 하려고 모아 두었다는 은행 잔고 말인가요? 오 마이 갓!"

"맞아요! 그건 정말… 우리의 피눈물 같은 돈이었지요. 그리고… 생각나세요? 아무리 힘들어도 아이들이 결혼을 할 때까지는 가게에서 더 버티기로 했었지요."

"그래서…"

"남편이 그러더군요. 그래서 자신이 더 서두르는 거라고요."

바니는 이미 마음을 결정한 남편과 언쟁을 벌여 보아야 아무 소용이 없음을 깨달았다. 집에는 수영장이 있었지만 언제나 바빴던 그들은 그곳에 한 번도 발을 담가 보았던 적이 없었다. 집은 분명 자신들의 소유였지만 그곳은 오직 잠을 자는 장소였을 뿐이었다.

"투자를 해야 해! 내 말은 우리도 제프처럼 투자를 해야 돈을 벌 수 있어!"

어릴 때부터 바닷가에서 서핑을 하며 자랐던 비치보이였던 바니의 남편은 바다를 끝내 잊지 못했다. 남편은 바다가 자신의 성모마리아며, 진정한 어머니라 했다. 해변가로 돌아가고 싶다는 꿈을 아직껏 버리지 못했다.

C시의 호텔은 해변 가의 성처럼 우뚝 서서 높이 떠오른 태양의 빛을 눈부시게 반사했다. 바니는 두 손을 가슴에 모은 채 그 호텔을 정신없이 바라보았다. 그 건물은 현대식으로 지어진 건물이었다. 어느 모로 보나 완벽했고 험잡을 데 없이 견고해 보였다.

호텔 앞에 서 있던 바니는 그런 훌륭한 호텔의 파트너로 자신들이 선택받았다는 사실을 믿을 수가 없었다. 그리고 그것은 고맙게도 모두 제프의 덕이었다.

"이 호텔은 말이지요? 성수기에만 잠깐 열어 놓아도 일 년을 잘 버틸 수 있는 수익이 있답니다."

제프가 말했다. 과연, 호텔의 내부도 외부처럼 잘 관리되어 있었고 유리창도 대리석 바닥도 반들반들 윤이 났다.

"당신들도 이 호텔의 파트너가 될 수 있다면 이 호텔은 당신들의 집이나 마찬가지지요. 집을 따로 가질 필요도 없는 거지요! 이 호텔에는 방이 셀 수도 없이 많으니… 당신들은 언제라도 이 호텔 어느 방에서라도 묵을 수 있으니까요."

바니 부부는 놀랐다. 이 아름다운 호텔이 내 집이 된다니? 호텔의 방들도 역시 모두 우리의 방이나 마찬가지라니? 매일매일 청소를 할 필요도 없다고 하지 않는가?

"지금과 같은 적기는 다시는 오지 않을 거요."

제프가 바니 부부에게 못을 박듯 단호하게 말했다. 제프는 자신이 이 호텔의 주인인 디에고와 둘도 없는 친구 사이라고 했다.

"디에고는 갑부라면서요? 그런데 왜? 그렇게 잘 운영되고 있는 호텔의 파트너를 찾고 있는 거죠?"

바니가 제프에게 물었다.

"디에고란 친구는 사실 파트너 없이도 얼마든지 호텔을 꾸려나갈 수 있지요. 그렇지만 하도 소유한 재산이 많다 보니 비즈니스를 함께해 줄 든든한 파트너들이 필요했던 거지요."

제프가 말했다. 파트너로는 이미 제프가 결정되었고, 바니 부부 역시 특별히 선정되었다는 것이다.

"아무리 돈을 많이 싸가지고 와서 줄을 서보라고 해요!"

제프는 다른 이들은 아무도 파트너가 될 수 없다고 했다. 바니의 남편이 물었다.

"왜요?"

"디에고란 친구는 파트너가 되는 우선권을 나와 당신들에게만 주겠다고 했으니 말이지요."

그 호텔은 정말 꿈 같은 호텔이었다. 눈만 뜨면 새벽부터 가게로 나와 뜨거운 화덕 앞에서 종일 과자를 굽던 바니는 그 호텔에 초대를 받을 때마다 팔자에도 없는 왕이나 여왕이 된 것만 같았다.

"저녁식사로는 바다가재와 왕새우와 입에서 살살 녹는 필레미뇽과 낙원에서나 산다는, 이름도 알 수 없는 열매와 디저트가 나왔지요. 그런 저녁식사를 그때까지 먹어 본 적도 아니, 들어 본 적도 없었지요."

바니가 말했다.

"아 맞아! 그날이었어! 제프가 맨 처음 우리 부부에게 디에고를 소개해주었어요."

미래의 파트너이며 현재의 호텔 주인이라고 자신을 소개한 디에고는 금박을 두른 명함을 바니와 남편에게 건넸다. 그들이 만난 디에고는 눈부시게 매력적인 남자였다.

"오 마이 갓! 디에고는 흡사 그 유명한 영화배우 탐 크루스의 젊은 시절의 모습을 쏙 빼어 닮은 것처럼 멋있는 남자였어!"

바니가 말했다.

"디에고가 우리를 만나기 위해 그 호텔로 나타났을 때는 그의 비서와 보디가드와 수행원들이 줄줄이 그의 뒤를 따르며 시중을 들었어. 유노? 그 미래의 파트너란 존재는 마치 어느 나라 대통령이나 왕처럼 한 없이 높고, 귀하고 권위 있는 인물로 보였지!"

바니가 긴 한숨을 내쉬었다. 호텔 로비 앞에는 대형 수영장이 있었다. 대형 수영장 바로 아래에는 바다가 자리잡고 있어 낮에는 에메랄드빛 바다와 연 하늘빛 수영장의 물빛이 더 없이 아름다운 대비를 이루었다. 파라다이스가 따로 없었다.

수영장에서는 늦은 시간까지 호텔의 투숙객인 젊은 남녀들이 수영을 하고 있었다. 호텔 투숙객들이 여유 있게 바닷가를 산책하는 모습도 간간히 볼 수 있었다. 호텔 주인 디에고는 시간 있을 때마다 바니 부부에게 호텔의 이곳저곳을 구경시켜주었다.

바니 부부는 그 후로도 여러 번 그 파라다이스로 초대

를 받을 수 있었다.

"제프는 늘 우리를 찾아와 디에고가 우리 부부에게 아주 좋은 인상을 받았다고 하더군요."

"그것 봐! 그게 다 함정이었다는 걸 당신들만 몰랐던 거지! 그렇지 않아요?"

"결과적으로는 그랬지만 그때 디에고는 우리에게 자신은 그냥 우리들과 함께 시간을 보내고 싶다고 했어요."

제프는 그때마다 바니 부부를 찾아왔다. 그리고 그들을 자신의 차에 태우고 디에고의 호텔로 데려가곤 했다.

"그 때마다 디에고는 우리에게 그 호텔의 내부까지 자세히 보여주었지요. 나중에 우린 꿈속에서도 그 호텔을 찾아갔을 지경이었지요. 그렇게 자주 그곳을 방문했었어요. 유노?"

바니 부부는 디에고의 초대에 익숙해진 나머지 초대를 받지 않으면 그 호텔의 일이 궁금해서 견딜 수 없을 정도였다.

"제프는 우리에게 디에고가 전 세계에 이런 호텔을 수십 채나 가지고 있는 대단한 재력가라고 소개를 하더군요."

칼멘과 나는 바니의 말에 입을 다물지 못했다.

"디에고는 자주 우리들을 자신의 요트로도 초대했지요.

그때 디에고는 여러 대의 요트를 소유하고 있었는데, 우리는 아직껏 그런 요트를 본 적도 없었어요!"

바니는 디에고의 요트가 초호화판이었다고 했다.

"그 요트 안은 별개의 세상이었지요. 선녀보다 아름다운 미녀들이 우리들을 친절하게 맞아주었지요. 우리는 그곳에서도 최고의 대접을 받았고요."

바니는 그때마다 마치 꿈을 꾸는 것 같았다. 디에고를 만나러 가면 갈수록 그들의 대접에 중독되어 갔다.

"휴우! 언빌리버블! 그런 일이 있었다니…"

칼멘이 길게 한숨을 내쉬었다.

바니는 오랜만에 남편과 함께 바닷가를 산책하고 있었다. 금빛 황혼이 거미줄처럼 사방으로 퍼지던 시간이었다. 바다는 금빛 의상으로 치장한 여신처럼 그들의 앞에 평화롭게 누워있었다.

잔뜩 부풀어 오르던 파도가 달려와 그들의 발밑에서 부서졌다.

'철썩! 철썩!'

파도가 밀려올 때마다 바니의 마음이 후련하게 치유되는 것 같았다.

"그때 우리는 생각했지요. 이렇게 좋은 세상이 있었던

걸 모르고 살아왔던 우리는 그동안 세상을 헛살아온 거라고 말이지요. 남편과 나는 바닷가를 걸으며 '어떻게 캘리포니아 연안에 이토록 아름다운 해변이 숨어 있었던 건지?' 그저 감탄을 금할 수 없었지요."

"세상에! 그래서요?"

"그때 남편이 우리가 저녁식사 후에 잠깐 들렀던 바에 대해서 나에게 물었어요."

호텔 로비의 한 쪽엔 바가 있었고 젊고 아름다운 흑발의 아가씨가 서브를 맡고 있었다. 바의 한 쪽엔 피아노가 있었고, 또 다른 한 쪽엔 고색창연한 엔티크 악기였던 하프가 놓아져 있어서 처음부터 그들의 눈길을 끌었던 바였다. 그때 바니의 남편은 호텔 주인인 디에고가 그 바를 바니에게 맡으라고 했다는 이야기를 전해주었다. 바니는 그만, 깜짝 놀라고 말았다.

"나는 그 말을 도저히 믿을 수가 없었지요."

바니가 말했다.

"남편이 말하기를 글쎄, 그 호텔의 주인 디에고가 우리가 호텔의 파트너가 되는 것과는 상관없이 그 바를 내가 맡아서 경영하도록 해주겠다고 했다는 거예요. 오 마이 갓!"

"왜 그러겠다고 한 거지요?"

칼멘이 물었다.

"그건, 음, 그냥 디에고가 우리들을 특별히 잘 보았기 때문이라고 하더군요."

"언빌리버블!"

칼멘이 고개를 옆으로 저었다.

"그때 난, 전망 좋은 바에서 바다를 바라보며 '종일 이곳에서 일을 할 수만 있다면 일을 하다 죽어도 좋다'는 생각이 들더군요. 유노?"

바니가 말했다.

"잠깐! 바니가 직접 그 호텔의 바를 맡고 싶었다고?"

칼멘이 고개를 갸웃하며 물었다.

"물론이지요! 호텔을 찾아오는 다양한 고객들과 만나 이런저런 세상이야기를 나누며 평화롭게 사는 게 나의 꿈이었으니까요. 그리고 그 순간이었어요! 남편과 나는 둘 다 호텔의 파트너가 되어야겠다고 결정을 하고 말았지요."

바니는 그때부터 더 이상 바니의 베이커리에도 나가기가 싫어지더라고 했다.

"그렇지 않아요? 난 초라한 우리 베이커리가 아닌, 이왕이면 찬란한 성 같은 호텔의 주인이 되고 싶었던 거지요! 유 노 왓?"

칼멘과 나는 바니의 말에 할 말을 잃고 서로의 얼굴만 바라보았다.

"우리는 그때부터 남편과 함께 매일 호텔에서 바다를 바라보며 살 생각으로 벅차 있었죠!"

바니는 심지어 꿈을 꾸어도 매일 인어처럼 푸른 바다를 헤엄쳐가는 꿈만 꾸었다고 했다.

"그때 난 정말 행복했어요! 바람 한 점 없는 나의 미래가 저 멀리에까지 펼쳐지는 것만 같았죠! 오우 마이 갓!"

바니는 이제야 운명의 여신이 자신들의 찌들은 삶과 영혼을 위로해주고 보상해 주기 시작한다고 생각했다. 더 이상 오래 기다릴 필요도 없었다. 그들은 당장 가게를 판 돈과 그동안 모아놓은 돈을 모두 호텔의 파트너가 되기 위한 자금으로 밀어 넣었다.

발푸르기스 밤의 왈츠는 계속 흘러나왔다.

악마는 늘 명예와 황금으로 허영이 가득한 사람의 마음을 흔들어 놓게 마련이었다.

3

제프에게 전화가 왔다. 제프는 디에고가 조만간 새 파트너를 맞이하기 위한 성대한 축하연을 열 예정이라고 했다.

"제프는 모든 일이 순조롭게 진행되어간다고 했어요. 마침내 모든 절차가 끝나고 한숨을 돌렸을 때였지요. 축하 파티가 열린다는 소식을 들은 우리 부부는 그 축하연에 참석하기 위해 만반의 준비를 갖추었어요. 유노? 아직까지 그들에게 받은 대접도 그렇게 극진했는데 이제 얼마나 대단한 축하연이 우리를 기다리고 있을지 상상조차도 할 수 없었어요! 유 노 왓?"

바니의 남편은 검정 턱시도를 준비했다. 대단한 이들과의 연회에는 그에 걸 맞는 차림으로 참석해서 파트너로서의 예를 갖추고 싶었다. 그들은 서둘러 준비를 마치고 파티에 참석하기 위해 제프가 오기만을 기다렸다. 그러나 이상했다. 제프가 나타나지 않았다. 호텔에 일이 있을 때마다 바니 부부를 데리러 바니의 집으로 찾아왔었던 제프는 그날 끝까지 모습을 드러내지 않았다.

"우리는 이상한 예감이 들었어요! 그래서 지체하지 않고 호텔로 달려갔던 거지요!"

바니 부부는 이제부터는 법적으로도 당당한 자신들의 호텔을 향해 바람처럼 속력을 냈다.

"그때는 이미 파트너가 되기 위해 집과 가게를 처분했

을 뿐만 아니라 거액의 은행융자를 받아 모자라는 금액까지 모두 충당해 놓았을 때였지요. 그야 뭐, 호텔에서 나오는 높은 수익금으로 그 돈을 갚으면 그만이니까 말이지요. 유 노 왓?"

바닷가의 호텔로 입주하라는 날짜도 정식으로 사무실에서 받아 놓았다.

처음 얼마동안 묵게 될 방은 바다가 내려다보이는 호텔에서도 가장 큰 스위트 유닛이라고 했다. 바니와 남편은 호텔 측과 주고받았던 모든 세세한 조항까지도 자세히 서류로 남겨놓았다. 그들이 주고받은 서류만 해도 책으로 서너 권이 되었을 정도의 분량이었다. 그들은 변호사와 공증인의 입회하에 서류에 사인을 모두 마쳤다. 호텔의 파트너가 되기 위한 모든 절차를 마친 그들은 입회했던 공증인과 변호사의 이름과 연락처가 적혀있는 명함까지도 모두 지니고 있었다.

"비즈니스를 성사시킬 때부터 공증인도 이미 모두의 편리를 위해 호텔에 와 있었고 은행의 허가 서류들도 모두 받아 놓았었지요."

바니가 말했다.

"열흘 후부터는 내가 인수한 바를 직접 맡기로 되어 있었고 남편은 가끔 사무실에 나타나 매상체크만 하면 된다고 알고 있었어요."

호텔은 여름 한철만 지나면 일 년도 넘게 버틸 수 있는 재정상태를 유지하고 있다고 했다. 바니의 남편은 그 많이 남겨질 시간 동안 제프와 함께 디에고의 요트를 타고 멕시코 만으로 바다낚시를 다닐 꿈에 잔뜩 부풀어 있었다.

호텔에 당도한 바니 부부는 깜짝 놀랐다. 무언가 이상했다. 호텔은 입구에서부터 쓰레기 같은 잡동사니들과 먼지로 뒤덮여 있었다. 하얀 제복의 경비원들도 보이지 않았다. 종일, 수영장과 로비와 바닷가를 여유 있게 산책하던 호텔 투숙객들도 모두 자취를 감추고 없었다.

"세상에!"

바니 부부는 호텔 입구의 문을 열고 로비로 들어갔다. 로비의 문은 스르르 열렸지만 유리는 모두 박살이 나 있었다. 심지어 노란 줄이 쳐진 곳엔 시꺼먼 피도 군데군데 묻어 있었다. 빈 술병과 찌그러진 깡통이 여기저기에서 뒹굴고 있었다. 무슨 일인지 바의 칸막이도 유리선반도 모두 부서져 있었다. 바의 한쪽에서 바니의 눈길을 끌었던 피아노와 우아하게 그 곁을 지키고 있던 하프도 자취 없이 사라져 버렸다.

"이게 무슨 일이지?"

바니 부부는 놀란 나머지 주위를 둘러보았다. 호텔 로비를 눈부시도록 밝혔던 찬란한 샨데리아의 불빛들이 모두 꺼져 있었다. 호텔은 불길한 기운에 싸여 있었다. 바니 부부는 자신들이 주인과 만나 정중하게 서류를 주고받았던 사무실 앞으로 갔다. 사무실 문은 안으로 스르르 열렸다. 사무실은 텅 비어 있었다. 값비싼 고서들이 꽂혀있던 고색창연한 책장도 모두 부서져 있었다. 사무실 바닥 여기저기에 고서들이 아무렇게나 나뒹굴고 있었다.

호텔의 어느 곳을 가 보아도 적막과 침침한 어둠이 웅덩이처럼 고여 있었다 바니 부부는 이제 어디로 가야 할지 알 수 없었다. 그러자 문득 자신들의 제 이의 숙소로 정해졌다는 스위트룸이 생각났다. 부부는 10층에 있는 스위트룸으로 가기 위해 서둘렀다. 엘리베이터의 스위치를 눌렀을 때였다.

바니가 자지러지게 놀라 소리를 질렀다. 경비 두 명이 엘리베이터 바닥에 쓰러져 있었다. 엘리베이터 안은 피로 흥건했다. 바니 부부는 뒷걸음을 치며 그곳을 도망치듯 나와야 했다.

"거기 섯!"

바니 부부가 혼비백산한 채 호텔 밖으로 뛰쳐나오려던 순간이었다. 어디서 나타났는지 폴리스가 삽시간에 바니 부부를 에워쌌다. 호텔 입구엔 아무도 들어올 수 없다는 경고문과 노란 테이프가 붙어 있었지만 다급했던 바니 부부의 눈엔 아무것도 들어오지 않았다.

"엎드려!"

총부리가 일제히 바니 부부를 겨누고 있었다. 그들은 몸이 떨려 자신도 모르게 두 손을 바싹 들고 바닥에 납작 엎드렸다. 그런 상태로 시간이 얼마나 흘렀던지도 가늠할 수 없었다. 몸을 가눌 수 없을 만큼 온몸이 덜덜 떨렸을 뿐 부부는 그 후에 일어난 일에 대해서 제대로 기억을 하지 못했다. 폴리스는 한동안 그들 부부를 심문했다.

"정말 이상했던 건… 언빌리버블!"

바니가 말했다. 불행 중 다행한 일은 호텔의 어떤 서류에도 바니 부부란 존재는 없었다는 것이다. 결국, 폴리스는 바니 부부가 그 호텔과 전혀 관련되어 있지 않다는 판단을 내렸다. 그 덕분에 부부는 다행히 다른 이들처럼 체포되지 않았다.

“우린 그날, 이 호텔에서 대단한 사고가 났었다는 사실 밖에는 아무것도 알지 못했지요.”

바니 부부는 폴리스에게 신분증을 제시한 후에야 폴리스의 안내를 받으며 호텔 밖으로 겨우 빠져 나올 수 있었다.

호텔 밖으로 나오자 시커먼 먹구름이 차일처럼 잿빛 하늘을 짓누르고 있었다. 까만 제복을 입은 폴리스들이 먹구름처럼 셀 수 없이 몰려들고 있었다. 많은 폴리스와 소방차가 호텔을 겹겹이 에워쌌다.

“그렇게도 많은 폴리스를 본 적이 없었을 만큼 많은 숫자의 폴리스가 계속 호텔로 모여들고 있었어! 생각만 해도 아찔하고… 오 마이 갓! 생각만 해도 온몸이 떨려오네.”

알고 보니 그날 새벽 그 호텔에서 대형 사고가 났었다. 심문을 마치고 밖으로 빠져 나온 후 바니의 남편은 자신이 만났던 모든 호텔 관계자들에게 전화를 했다.

“아무도 우리 전화를 받지 않았어요. 언빌리버블!”

호텔 지배인도, 디에고도, 제프까지도 연락이 닿지 않았다.

호텔 부근으로 모여든 사람들이 저마다 호텔을 바라보며 수근 거렸다.

"저 호텔이 바로 그 무서운 마약 딜러들의 소굴이라고?"

"새벽에 총격전이 벌어져서 많은 사람들이 죽어나갔데…"

"조금만 더 일찍 나왔어도 날아온 총알에 맞아 목숨을 잃을 뻔했지 뭐야!"

바니는 스르르 다리가 풀려 더 이상 서 있을 기운을 잃었다.

"폴리스가 우리에게 총을 겨누며 심문을 할 때부터 난 심장이 터져나가는 줄 알았다고."

바니가 말했다.

"겨우 정신을 차리고 주위를 둘러보았더니 과연, 소방대원들이 호텔에서 사람들을 들것에 실어 나르고 있었어요. 사람들은 모두 피를 흘리며 엠블란스에 실리고 있었지요."

바니의 머릿속이 하얘졌다. 그때였다. 한 무리의 새가 머언 하늘을 향해 가뭇없이 날아가고 있었다. 새는 바로 바니의 꿈이었다. 이번에도 바니는 꿈을 이루지 못하고 말았던 것이다.

"우리는 그날에야 놀라운 사실을 알아냈어요. 호텔 주인이라던 파트너 디에고란 남자가 마약 딜러였다는 사실을 말이지요."

디에고라는 파트너는 사실, 호텔의 주인도 아무도 아닌 동네의 건달이었다.

"세상에!"

"디에고는 다른 마약 딜러와 그 지역의 주도권 싸움을 벌이다가 그날 새벽에 총을 맞고 목숨을 잃었다고 하더군요. 언빌리버블!"

"디에고가 죽었다고?"

칼멘과 내가 이구동성으로 물었다. 바니가 힘없이 고개를 끄덕였다.

"우리도 그 사실을 알게 된 후 온몸에서 힘이 빠지더라고요. 서 있던 자리에 풀썩 주저앉고 말았어요. 어찌나 온몸이 덜덜 떨리던지…"

바니가 허탈한 음성으로 말했다.

"설마… 그럼, 그때까지 그 갱단들과 거래를 한 거였다고?"

칼멘이 바니에게 물었다. 바니가 대답대신 고개를 끄덕였다.

"그때서야 나는 의문이 들었어요. 하지만 우리는 우리의 자금이 어디로 흘러들어 갔는지 알 수가 없었어요."

"그럼 호텔의 주도권은 누구에게 있었지?"

칼멘이 물었다.

"우리도 나중에야 알게 되었지요. 그 호텔은 처음부터 주인이 열 명도 넘는 복잡한 사업체였다고 하더군요."

바니가 말했다. 그 호텔은 처음부터 문제가 많았다고 했다. 바다가여서인지 주변에 호텔들이 여러 개였던 것도 문제였다.

"더구나 탄탄한 체인호텔인 하얏트나 힐튼 호텔의 주변에 있다 보니 오래전부터 여러 번 파산직전에 놓여왔었다고 하더군요. 그러니까 여러 명의 파트너들끼리 파산직전에 해결책으로 투자자들을 모은다고 광고를 냈다고 하더군요."

"저런…"

그제서야 칼멘이 고개를 끄덕였다.

"맙소사!"

엎친대 덮친 격으로 이제는 투자자들 중 하나였던 마약딜러들이 요트에 생선을 싣고 밀입국을 한 일로 디에고의 정체까지 밝혀지게 되었다는 것이다.

"생선을 가져온 게 불법이었다고?"

"허가를 받지 않고 들여온 생선도 불법이긴 하지만 더 큰 문제는 사실… 생선이 아니라 그 생선 밑에서 뭐라더라? 암튼, 상상도 할 수 없는 대량의 마약을 발견했다는 거였지요. 우리도 모르지요. 그 호텔과 엮인 문제가 너무나도 많고 복잡하니. 언빌리버블!"

바니는 생각하기도 싫다는 듯 머리를 흔들었다. 그동안 주인행세를 했었던 디에고는 호텔주인이 아니라 열 명의 주인들 중 한 명의 먼 친척뻘이었다는 것이다.

"그럼, 그 제프란 이는?"

참다못한 칼멘이 바니에게 물었다.

"제프는 자신도 피해자였다고 하더군요! 오 마이 갓!"

"뭐라구? 말도 안 돼! 모든 책임은 제프에게 있는 거야! 애초에 순진한 자기네들을 그런 함정으로 끌어들인 장본인이 아니었느냐고? 그래서 사람을 조심하라는 거야! 누구를 만나느냐에 따라 자신의 운명이 바뀔 수 있으니까 말이지."

"아니, 책임은 모두 우리에게 있었던 거예요. 우린 그만 허황한 꿈 값을 단단히 치룬 거였다고요."

바니가 긴 한숨을 내쉬었다.

"당신들은 단지 그 나쁜 인간들에게 걸려들어 사기를 당했던 거야! 불찰이란 그저 순진하게 제프의 말을 믿은 것일 뿐… 오 마이 갓! 인간이 인간을 믿을 수 없는 세상이라니… 우리는 지금 어떤 세상을 살고 있는 거지? 아니, 잘못된 건 그 사기꾼들이야! 확실히… 그런데 바니, 그럼 제프도 자기들처럼 모든 걸 잃었다고? 언빌리버블!"

칼멘이 믿을 수 없다는 표정으로 바니에게 물었다.

"글쎄 제프는 우리를 돕기 위해 자신도 우리와 함께 투자를 해 준 것이라고 우리에게 책임을 미루더군요."

"말도 안 돼!"

"제프도 투자자를 찾는다는 광고를 믿고 그들을 찾아갔다고 하더군요. 그 역시 우리들처럼 상상을 초월한 대접을 받았지요."

"언빌리버블! 그럼 도대체 돈은 모두 다 어디로 간 거지?"

칼멘이 다시 물었다.

"혹시, 돈은 모두, 제프의 금고 속으로 들어간 게 아닐까?"

칼멘은 모든 사실을 밝히기 위해 제프의 뒤를 추적해

봐야 한다고도 했다. 바니가 칼멘의 말에 설레설레 고개를 내저었다.

"오 마이 갓!"

칼멘이 기막히다는 얼굴로 한 손을 이마 위로 가져갔다. 칼멘이 말했다.

"말두 안 돼! 그러나 인간들은 그저 모두들 자신은 아무 죄가 없다고 생각하지. 절대로 자신의 마음속에 깃든 이상한 요정의 정체를 볼 수 없는 거야! 그러니 바니 부부도 하릴없이 그 하르츠 산꼭대기에 올랐던 거라고."

바니의 한숨소리가 들렸다.

"지금도 가끔 바니 베이커리가 생각나요."

나는 한숨 쉬듯 말했다.

바니 베이커리가 갑작스레 문을 닫자 사람들은 한동안 수근 거렸다. 바니가 돈 많은 고객과 바람이 나서 달아났다고도 했고, 누군가는 바니의 남편이 젊은 여자와 눈이 맞아서 파경을 맞았다고도 했다.

아무튼 각자 바쁘게 살아왔던 칼멘과 바니는 모든 것을 잃고 난 후에야 겨우 함께 만날 수 있게 된 셈이었다.

"가게가 바쁠 땐 이렇게 한가한 시간을 갖는 일이란 꿈도 못 꾸었지요."

바니가 말했다.

"우리에겐 사실 힐링의 시간이 필요했던 거야!"

칼멘이 말했다.

"맞아! 시간만이 우리의 마음의 상처를 낫게 하니까."

메피스토펠레스는 요정들이 하르츠 산꼭대기에서 춤을 춘다는 전설의 날인 '발푸르기스의 밤'에 파우스트를 데리고 '하르츠 산'으로 간다. 나는 '발푸르기스 밤의 왈츠'를 들을 때마다 '서양의 요정들은 혹시 동양의 비천과 동일한 존재가 아닐까?' 상상해 보곤 했다. 사실, 나는 요정들이란 어떤 존재들인지 궁금했다. 누군가가 말했다. 요정들은 하늘을 나르며 요술을 부린다고도 했고, 요정들은 사람의 마음을 온통 뒤흔들어 놓을 정도로 아름답고 깜찍한 존재라고도 했다. 그런 존재들이 하늘을 나르며 요술을 부리다니… 과연, 요정들이란 사람의 마음을 현란하게 만드는 모양이었다. 그래서 예쁜 여자아이를 보면 요정이라고 부르지 않는가?

누군가 요정은 인간과 가장 가까운 존재라고도 했다. 나는 남의 감정을 생각할 줄 모르는 인간 역시 요정, 혹은 요물인지 모른다는 생각이 들었다. 요정이나 요물은 아직

완벽한 인간의 상태가 아닐 테니까 말이다.

괴테의 친구였던 첼터는 원래 자신이 '발푸르기스 밤의 왈츠'를 작곡할 예정이었다는 것이다. 하지만 자신의 제자 어린 멘델스존을 괴테에게 소개시켰던 인연으로 멘델스존은 훨씬 나중에 '발푸르기스 밤의 왈츠'를 작곡했다고 했다.

현대의 사회야말로 마법사와 마녀와 악마들이 아집과 나르시시즘에 빠진 채 자기 최면에 걸려 춤을 추고 소란을 피우며 날뛰는 또 하나의 하르츠 산골짜기인지 모른다.

나는 세상이 좀 더 조용하고 잠잠해 지기를 기원했다. 그리고 또 다른 해가 뜨기 전에 지금보다 조용한 인간들이 사는 파라다이스가 오기를 꿈꾸었다.

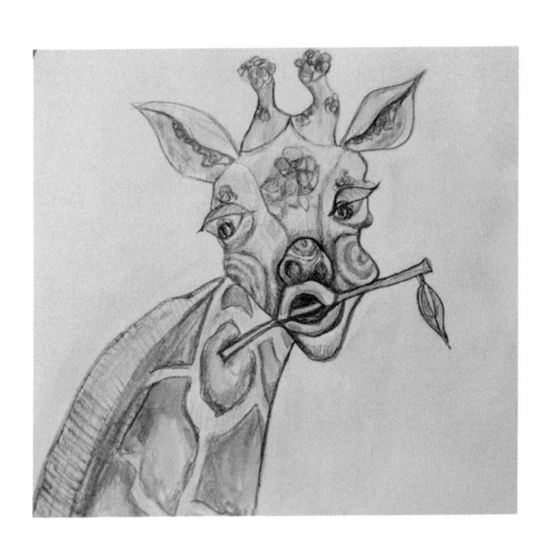

우리는 어디로 가고 있는가

곽설리 연작
소
설

"레다 씨! 묵타난다의 책을 찾아냈어요. 아시죠, 묵타난다?"

"묵타난다? 아, 히말라야의 수도승?"

"맞아요! 지금 나에게 꼭 필요한 책이라서 열심히 읽고 있어요."

칼멘이 말했다. 문득 책의 한 구절이 떠올랐다.

그대는 어디에서 왔는가?
그리고 어디로 가고 있는가?
무엇을 하려는가?

"그래도 노인들은 이야기나 줄거리가 있고 그 속에서 인간적인 재미를 찾을 수 있는 책을 더 좋아하지 않나요?"

칼멘은 고개를 옆으로 저었다.

"나는 요즈음 우리의 삶에 대한 해답을 찾고 싶은 거예요. 노인들도 마찬가지일 거예요. 그렇게 생각하지 않으세요?"

칼멘은 평소와는 다르게 고집을 꺾지 않았다. 마치 그 책 속에서 어떤 핵심적인 해답을 찾아내려는 것 같았다. 칼멘이 노인들을 위한 책을 선정할 때 노인이 꼭 읽고 싶다는 책을 지정하지 않는 한 어떤 책을 읽어도 무방하다는 사실을 알고 있었다. 노인들은 기껏해야 한두 페이지를 들은 후에는 졸음에 빠져들거나 아니면 혼자만의 사념의 늪을 헤맨다고 했다.

칼멘은 그날 평소와는 다른 인상을 주었다. 눈빛에도 힘이 없었고, 표정도 몹시 어두웠다. 말투도 몸짓도 느릿느릿했다. 한눈에도 그녀의 깊은 고뇌와 슬픔을 볼 수 있었다.

"오늘은 무슨 좋지 않은 일이라도 있었나요?"

칼멘은 힘없이 고개를 끄덕이며 말했다.

"레다 씨는 때로 나를 이해하기 힘들다고 하지만… 만약 레다 씨가 내 친구의 이야기를 들었으면 무어라고 할지 궁금하군요."

"내가 칼멘을 이해를 못한다니? 정말 그렇게 생각해요?"

사실, 난 칼멘을 잘 이해하고 있었다. 첫째, 칼멘은 누구보다도 선한 사람이었다. 늘 겸손하게 남을 배려해주는 고마운 여인이었다. 칼멘은 내가 만났던 다른 이들과는 달랐다. 얄팍하고 알량한 자존심에 목숨을 걸지도 않았고 아웅다웅 허세를 부리지도 않았다. 남에게 상처를 입히지도 않았다.

내가 죽음이란 버스를 기다리는 삶이란 정류장에서 칼멘을 만나게 된 건 정말 큰 행운이었다.

언젠가 칼멘이 불쑥 말한 적이 있었다.

"레다 씨! 이 세상에 사랑이 정말 남아 있는지 의심스러워요. 세상의 모든 사랑이란 감정이 어쩌면 모두 착각이 아닐까? 하는 생각이 드는군요."

칼멘은 자신의 소중한 친구였던 마리아에 대한 이야기를 들려주었다.

"얼마 전, 내가 세상에서 가장 사랑하는 친구가 세상을 떠났어요. 천사 같았던 친구를 잃어선지 요즘은 슬픔의 진흙탕 속으로 깊이 빨려들어간 벌레처럼 허우적이고 있어요."

언젠가 칼멘에게 마리아란 천사 같은 친구가 있다는 얘기를 얼핏 들은 적이 있었다.

"칼멘! 각박하기 그지없는 요즘 세상에 천사 이야기라니요? 영광이군요. 설마 칼멘 씨보다 착한 친구가 또 있다고 믿기지는 않지만!"

칼멘은 시종일관 우울했다. 당장 울음이라도 터뜨릴 것 같았다.

"요즘은 온 몸이 쇳덩이처럼 무겁게 느껴지면서 계속 무력감에 시달리고 있어요. 그래서 묵타난다의 책에 더 매달리게 되는 것 같네요. 좋은 구절을 읽으면 그나마 위로가 돼요."

고뇌하는 너의 가슴 속에만
영원이 있다고 생각하지 말라.
모든 마당과
모든 숲
모든 집 속에
그리고 모든 사람 속에서
영원을 볼 수 있어야 한다.

모든 동기에서

모든 생각과 감정에서

모든 말들 속에서

세상의 빛줄기 속에서

나 역시 심리적 충격이나 슬픔을 당하면 신체의 이상증세로 나타나는 전환장애를 알고 있었다. 누구나 사랑하는 가족이나 친지를 잃은 후엔 그 뻐근한 슬픔을 경험하게 되는 것이다.

"레다 씨! 마리아 생각만 하면 안타깝고, 몹시 마음이 저려와요."

칼멘은 슬픔이 너무 깊은 나머지, 자신이 계속 이 세상에 남아 살아가는 이유조차 알 수 없다는 충격적인 말을 쏟아냈다.

"칼멘! 나도 여러 번 사랑하는 가족과 친지를 잃었던 적이 있어요. 물론, 그때마다 얼마나 절망적이었는지… 사랑하는 만큼 가슴속의 슬픔도 깊어져만 갔지요. 그렇지만 칼멘 씨! 슬픔 역시 일종의 전염병 같은 거죠. 어떻게든 이겨내야 해요."

나는 슬픔에 잠긴 칼멘에게 위로가 될 더 좋은 말을 찾지 못하고 전전긍긍했다. 한동안 무거운 침묵의 시간이 흘러갔다.

"이러고만 있을 순 없어요. 고향으로 가야 해요. 외롭게 세상을 떠난 마리아를 만나야겠어요."

"이미 마리아가 떠난 고향을 찾아간다고요?"

칼멘의 표정이 심상치가 않았다. 칼멘은 가을비에 푹 젖은 낙엽처럼 축축한 슬픔에 잠겨있었다. 말투에도 차고 어두운 그늘이 이끼처럼 끼어 있었다.

모든 사람 속에서
영원을 볼 수 있어야 한다.
모든 동기에서
모든 생각과 감정에서
모든 말들 속에서
세상의 빛줄기 속에서

"난 어릴 때부터 마리아와 함께 자랐어요."

칼멘은 전에도 고향 친구 마리아가 자신의 롤 모델이었다고 한 적이 있었다. 마리아는 총명했고 아름다운 용모의 소유자였을 뿐만 아니라 마음도 착했다는 것이다. 그때 나는 무심코 물었다.

"마리아는 아직도 칼멘의 고향에서 교사로 근무하고 있나요?"

칼멘은 마리아가 일찍 결혼을 해서 고향을 떠났고, 자기 역시 그 후 미국으로 오게 되었다고 대답했다.

잠시 생각에 잠겨있던 칼멘이 입을 열었다.

"레다 씨! 그러니까… 그때 마리아는 부모님의 허락을 받지 못한 채 우리들 주변에서 사라졌지요."

"저런! 그랬군요."

나는 칼멘의 말에 무언가 안타까운 생각이 들었다. 칼멘 역시 긴 한숨을 내쉬었다.

칼멘은 어릴 때 가족들과 함께 신화로 어우러진 아름다운 유적지로 피크닉을 갔던 이야기를 했다. 그리고 늘 그 시절이 어제인 것처럼 눈에 선해 온다고 했었다. 누구나 자신이 가장 행복했던 시절을 그리워하게 마련인 모양이었다.

"레다 씨! 지금도 그때가 눈에 선해요. 꿈을 꾸어도 그 시절로 돌아가 있곤 할 만큼 말이에요."

칼멘은 늘 그 시절을 이야기했다.

"어릴 때 이웃의 몇 가족들끼리 모여 피크닉을 간 일이 있었지요. 그날은 왜 그렇게 들떠 있었던지…"

그날 칼멘은 넘어졌고, 다리를 다쳐 병원에 입원했다는 것이다.

"그 맑고 화창하고 좋은 날, 난 하필이면 병원으로 실려 가야 했어요! 언빌리버블! 생각해 보아요! 나는 다리에 기브스를 하고 소독 냄새나는 병실에 종일 누워 있는 신세가 되었지요."

병원에 누워있던 칼멘은 마리아가 찾아올 때마다 화초 위에 비가 내리는 것같이 생기를 되찾았다.

"눈물이 핑 돌 정도로 마리아가 반가웠지요. 지금도 눈에 선해요. 들꽃을 한아름 안고 있던 마리아는 들꽃만큼이나 청초하고 아름다웠죠."

마리아는 칼멘의 휠체어를 햇살이 쏟아지는 밖을 향해 힘껏 밀어주곤 했다. 그리고는 이런 저런 동네의 소식들을 전해주었다.

"그때가 정말 행복한 시절이었어요. 그러고 보니 부모님이 세상을 떠나신 지도 벌써 십여 년이나 흘러갔군요. 아, 그 시절이 그리워지네요."

칼멘의 주치의는 그 병원원장의 아들이었던 닥터 칼로란 친절한 의사였다.

“닥터 칼로는 마리아가 올 때마다 마리아에 대해 묻곤 했어요.”

칼멘은 닥터 칼로가 좋았다. 닥터 칼로가 칼멘에게 마리아가 언제 찾아오는지? 그리고 언제 돌아가는지를 물을 때마다 닥터 칼로가 마리아 언니를 좋아한다는 사실도 알게 되었다.

“나는 닥터 칼로가 마리아 언니와 서로 사귈 수 있도록 노력했어요. 사실, 내 다리는 인대 파열로 심각한 상태였는데 그 의사가 정성을 다해 치료해준 덕분에 거의 다 완쾌가 되었으니 고맙기도 했지요.”

“그래서 어떻게 됐나요? 그들은 서로 가까워졌나요?”

칼멘은 나의 물음에 말없이 고개를 저었다.

“알고 보니 마리아는 닥터 칼로에게 전혀 마음이 없었어요.”

칼멘이 긴 한숨을 내쉬었다.

마리아는 칼멘이 닥터 칼로를 만나보라고 요청할 때마다 완강히 거절했고, 칼멘도 더 이상 조르지 않았다.

“나중에서야 그 이유를 알게 되었어요. 마리아가 한 학교에서 일하고 있는 동료를 소개하더군요. 난 얼마나 실망을 했는지… 그 남자가 바로 마리아 언니의 연인이었던 거였어요. 언빌리버블!"

칼멘은 정말 믿을 수가 없었다. 그 남자는 나이도 많았고 인상도 몹시 어두웠다. 칼멘의 마음에 전혀 들지 않았다.

"그럼?"

"마리아도 고백하더군요. 그 남자가 자신을 오래 전부터 끈질기게 따라다녔다고…"

칼멘은 놀랐다. 사랑하는 이를 소개하는 마리아 언니의 커다란 두 눈에서 굵은 눈물방울이 뚝뚝 떨어졌다.

"사랑이 뭔지! 마리아 언니는 진심으로 그분을 사랑하더군요. 나이도 많은 그가 자신의 첫사랑이라고 했어요. 난 실망한 나머지 그만, 하늘이 무너지는 것 같더군요. 언빌리버블!"

칼멘이 고개를 옆으로 설레설레 저었다.

"정말 충격적이었고, 마리아 언니에게도 실망을 했지만 어쩔 수가 없었어요."

칼멘은 낙심을 했다. 이 상황이 비현실적으로 느껴졌지만 어찌할 수 없었다. 닥터 칼로는 분명 아까운 신랑감이었지만, 이 모든 사실을 그에게 전해야만 했다.

"마리아가 사랑하는 그 남자에겐 벌써, 아이가 넷이나

있었어요. 언빌리버블!"

"어머나, 세상에!"

"그의 부인은 일찍 세상을 떠났더군요."

마리아는 그 모든 사실을 부모님께 털어놓지 못하고 망설이던 중이었지만 해답이 없었다고 했다. 마리아는 울면서 칼멘에게 매달렸다. 이번에는 마리아가 칼멘에게 자신이 그 사람과 결혼을 할 수 있도록 도와달라고, 눈물을 흘리며 부탁했다.

칼멘은 마리아에게 제발 이제라도 그 남자를 잊으라고 여러 번 애원을 했다. 하지만 더 이상 마리아 언니의 마음을 움직일 수 없었다.

"결국 마리아 언니는 고향을 멀리 떠나고 말았지요. 고향을 떠나기 전날 밤 늦게 나를 찾아왔어요."

"어머나! 그래서요?"

"나에게 이 모든 일을 비밀로 해 달라고 울면서 부탁을 하더군요."

"그래서 어떻게 했나요?"

"레다 씨! 마리아가 너무나 가엾더군요. 그러니 어떻게 그 비밀을 지키지 않을 수 있었겠어요? 나는 끝까지 비밀을 지켜야 했어요. 물론, 우리의 사이를 잘 알고 있던 주변 사람들은 모두들 나를 끝까지 의심을 하는 눈치긴 했지만 난 모른 척 했어요. 끝까지 비밀을 지켜주었단 말예요. 언빌리버블!"

"마리아는 그 후 어떻게 되었나요?"

칼멘은 한동안 침묵을 지켰다. 무거운 침묵이었다. 비로소 칼멘이 정적을 깨며 입을 열었다.

"알고 보니, 마리아는 아주 힘든 시간을 보냈던 거예요!"

마리아는 신혼이었어도 늘 쓸쓸하고 외로울 수밖에 없었다. 마리아가 사랑했던 남편은 한없이 무능했고 이기적이기까지 했던 것이다.

나는 생각했다, 인간은 그저 자신이 보고 싶은 것만 본다는 말은 정말 맞는 말인지 모른다고.

칼멘이 허탈하게 말을 이었다. 마리아가 칼멘에게 연락을 해왔을 때 칼멘은 마리아의 음성만을 듣고도 모든 상황을 다 눈치 챌 수 있었다.

"마리아 언니는 힘들어했지만, 어쩌겠어요. 자업자득이었지요! 알고보니 마리아의 남편은 계속 밖으로만 돌았다더군요! 바람을 피웠는지도 모르지요. 믿을 수 없어! 언빌리버블! 마리아 언니는 스스로 자신의 날개를 자른

거였지요."

마리아는 처음부터 단단히 각오는 하고 있었지만 살아가는 일이 너무 힘들었다. 엄마를 잃은 아이들 넷을 어릴 때부터 키워왔던 시어머니는 새 며느리에게 자신의 위치를 도전받는다고 생각했던지 계속 마리아를 탐탁하게 생각하지 않았다. 아이들 역시 젊고 아름다운 새엄마에게 아버지의 사랑을 빼앗길까 전전긍긍했다. 가족들 모두가 마리아를 경계했다.

"그때 난 마리아에게 이제라도 집으로 돌아오라고 했어요."

나 역시 마리아가 왜? 친정으로 돌아오지 않았는지 이해를 할 수가 없었다.

"글쎄 말이에요. 세상에 알 수 없는 건, 사람의 마음이지요. 그래도 마리아 언니는 끝까지 살아냈으니…"

"아이는요?"

"둘 사이에 아이는 없었어요! 마리아의 남편은 마리아에게 더 이상 아이는 필요 없다면서 자신의 아이들을 잘 키워달라고 부탁했다더군요."

"어머나, 그건 너무 이기적이군요."

"그래도 그게 다 마리아를 위해서라고 그 사실을 포장

했지요.”

“아 참! 닥터 칼로는 어떻게 지내나요?”

나는 칼멘의 주치의였던 닥터 칼로의 안부가 궁금했다.

“닥터 칼로는 늘 나에게 마리아 언니의 안부를 묻곤 했어요. 아마도 못 이룬 사랑 때문에 상처가 컸던 모양이에요. 글쎄, 마리아 언니가 그렇게 떠났어도 한동안 결혼도 하지 않더라고요.”

칼멘이 안타깝다는 듯 말했다.

“나는 마리아 언니에게 지금이라도 그 집에서 나와 새 삶을 시작하라고, 언니에게 어울리는 진정한 사랑을 찾으라고, 이 결혼은 희망이 없다고, 얼마나 애원했던지 몰라요. 하지만 마리아 언니는 끝내 내 말을 듣지 않았어요.”

세월이 많이 흘렀다. 그동안 마리아의 자식들도 모두 장성했다. 집에는 새 며느리가 들어왔다.

“마리아가 키운 아이들은 마리아의 진심을 알고 마리아를 따르게 되었지만 마리아에게 정이 없던 며느리는 달랐어요.”

마리아의 남편 역시 은퇴를 했다. 남편의 아들과 며느리가 일을 하러 다녔기 때문에 마리아는 이번에는 손녀와 손자를 모두 맡아서 키워야 했다.

“그리고… 결국…”

칼멘이 채 말을 잇지 못하고 허탈한 표정으로 먼 곳을 바라보았다.

“마리아는 쓰러지고 말았어요. 마리아는 결국 다시 회복하지 못하고 양로병원으로 보내졌지요. 아, 가엾은 마리아!”

칼멘은 마리아와의 마지막 통화가 잊혀지지 않는다고 했다.

“마리아가 그랬어요. 양로병원으로는 가고 싶지 않다고… 남편과 살아왔던 방에서 조금이라도 더 남편과 함께 지내다 죽고 싶다고 했지요. 그건 마리아의 진심이었을 거예요. 사실, 남편과의 추억이 없는 장소는 그 언니에게는 아무 의미가 없었을 테니까요.”

“저런! 마리아는 결국 그 작은 소원마저도 이루지 못한 셈이군요. 가엾어라!”

“안타까운 얘기지요! 마리아 언니는 결국 그렇게 혼자서 쓸쓸히 죽음을 맞이했어요. 마지막 순간까지 아무도 병원을 찾아주는 이도 없이 말이에요.”

어느 날, 신문의 광고란을 뒤적이던 칼멘은 깜짝 놀랐다고 했다. 신문에서 신부감을 찾는다는 광고를 보았던 것이다. 광고를 낸 사람은 바로 마리아의 남편이었다.

"마리아가 세상을 떠난 지 몇 달도 안 되는데, 너무하지 않아요?"

칼멘이 분개하며 말을 이었다.

"더 기막힌 건 글쎄, 주변 사람들에게 마리아가 자신이 재혼하기를 원했다는 거예요. 가엾은 마리아!"

그리고 칼멘이 나에게 한 의료잡지를 내밀었다.

"레다! 이 잡지를 읽어보세요!"

"우연히 병원에서 잡지를 읽게 되었는데 그 안에 닥터 칼로의 소식이 있었어요!"

나는 칼멘이 보여주는 사진과 기사를 읽어보았다. 흰 가운을 입은 인자한 닥터 칼로의 나이든 모습만 보아도 그의 삶의 궤적을 엿볼 수 있었다.

"아무리 세월이 흘렀어도 난 닥터 칼로를 한눈에 알아볼 수 있었어요. 레다 씨! 인간은 정말 변하지 않는 모양이에요. 그때도 그분에겐 우아한 기품과 열정이 느껴졌었는데 세월이 이렇게 많이 흘렀는데도 아직도 변함이 없군요!"

칼멘이 말했다. 잡지는 한 병원의 증축에 관한 소식과 그곳에서 근무하고 있는 의사들을 소개하고 있었다.

"우리 고향의 작은 병원이 이제는 제법 큰 규모의 종합병원이 되었더군요. 의사들 중 닥터 칼로의 세 아들도 있군요! 대단하지 않아요?"

그러나 그렇게 이야기하는 칼멘의 표정은 쓸쓸해 보였다. 칼멘이 나에게 물었다.

"레다 씨! 도대체 사랑이 뭐지요? 마리아 언니가 내 말대로 닥터 칼로를 선택했더라면, 아마도 닥터 칼로의 아들인 세 젊은 닥터들은 마리아의 아이들일 수도 있었을 텐데, 왜 나 혼자 이렇게 안타운건지…"

칼멘은 언젠가도 나에게 말한 적이 있었다. 나는 이제야 그 이야기가 마리아 언니에 관한 이야기였다는 걸 직감했다.

"레다 씨! 이 세상에 사랑이 정말 남아 있는지 의심스럽군요."

"사랑은 분명히 있지요. 있어야 하고요."

"그래도 난, 점점 각박해지고 있는 세상을 보면서 세상의 모든 사랑이란 감정이 어쩌면 모두 착각이 아닐까? 하는 생각이 드는군요. 그러니까 내 말은 사랑이 때에 따라늘 변할 수도 있는 거라고 말이지요. 처음에는 물론, 사랑이라고 느끼지만 말이에요."

잠시 후 칼멘이 물어왔다.

"레다 씨! 상대방의 사랑이 변했어도 진정으로 사랑할 수 있을까요?"

칼멘이 안타까운 듯 말했다.

"레다 씨! 마리아는 남편을 죽도록 사랑했단 말이에요."

칼멘이 한숨을 푹 내 쉬었다.

"사랑이란 뭔지… 마리아는 남편이 자신을 그다지 사랑하지 않았다는 사실도 알고 있었던 것 같았어요."

나는 칼멘의 얼굴만 멍하니 바라보았다.

"레다! 그래도 마리아는 전혀 개의치 않았어요! 언빌리버블!"

나 역시 한숨을 내쉬며 칼멘에게 물었다.

"칼멘, 도대체 마리아는 왜? 그런 이기적인 남편을 따라갔을까요? 그리고 과연, 마리아가 그런 식으로 남편에게 매달렸던 그런 감정을 어떻게 사랑이라고 부를 수 있는 걸까요?"

나는 어렸던 마리아가 왜 한없는 자기희생을 해가며 살아야 했는지 도저히 이해할 수가 없었다. 칼멘 역시 아무 말이 없었다.

나는 다시 생각했다. 마리아는 결국 진정한 사랑을 했던 거라고… 사랑이란 결코 모든 조건들, 상대방의 사탕발림 같은 사랑의 고백이나 상대방의 매력이나 좋은 점에만 이끌리는 건 결코 아닐 것이다. 사랑이란 결국 하나의 만남 이후 상대방을 끝까지 생각해주고 보듬으며 살아가는 그 과정인지도 모른다고.

"레다 씨! 마리아는 아무리 전처 자식들이 자신을 반목하고 거부했어도 '그들을 버리고 떠날 수 없었다.'고 나에게 말하곤 했어요."

칼멘이 말했다.

"마리아는 늘 나에게 '그 사람들에겐 나의 보살핌이 필요하다.'고 했지요. 사실, 난 그런 마리아를 이해할 수가 없었어요. 그렇지만 마리아는 불행한 순간과 마주할 때마다 스스로에게 주문을 거는 것 같았어요. 심지어 남편의 가족들이 모두 자신을 거부했을 때도 한결같은 마음으로 그들을 대했다고요."

"나에게도 마리아의 사랑이 지독한 모순처럼 보이는군

요. 정말이지 잘 모르겠군요. 그 불가사의한 사랑을 말예요!"

"그래요! 마리아는 그 남편과 가족의 결점까지도 사랑했던 거지요."

나는 문득 소록도의 한 의사를 떠올렸다. 그는 나병환자들을 치료해주기 위해 평생을 바다로 둘러싸인 섬을 끝내 떠나지 않았다고 했다. 마리아 역시 그처럼 인간적인 감정과 스스로의 한계까지도 초월한 사랑을 했던 것인지 모른다.

"우연이겠지만, 마리아 언니가 죽었다는 소식을 들은 날 도서관에서 묵타난다의 책을 찾았어요. 그 자리에 서서 읽는데, 나도 모르게 눈물이 주르르 흐르더군요. 그리고 큰 위로를 받았어요. 마리아 언니의 사랑을 조금은 이해할 것 같았고요."

신에게 도달하기 위해 너는
사랑과 헌신하는 마음을 가져야 한다.
그를 위해 어떤 조건도 붙이지 말아야 한다.
사랑과 헌신이야말로
신에게 다가가는 유일한 가장 빠른 길이다.

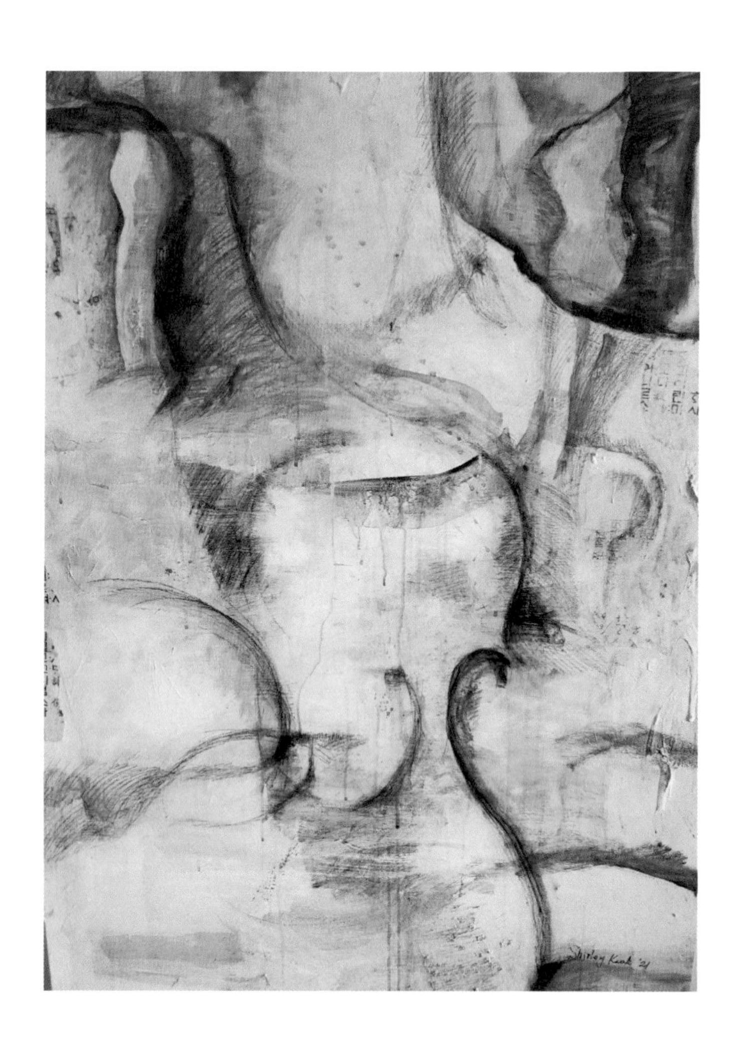

흐르는 나목들

곽설리 연작
소
설

나는 약속시간에 맞춰 양로병원을 찾았다. 햇살이 잘 드는 듯, 손바닥 크기의 빨간 꽃들을 주렁주렁 달고 있는 코럴 나무가 양로병원 주위를 감싸듯이 둘러싸고 있었다. 코럴 나무들은 마치 춤을 추고 있는 무용수 같은 형상이었다. 아름드리 코럴 트리에 둘러싸여 있는 양로병원 정경이 나의 마음을 포근하게 했다.

양로병원 안으로 들어서자 정적이 감돌았다. 복도로 연결된 양로병원의 대형 홀에서는 가끔 실내악 연주가 있다고 했지만 요즘은 코로나 팬데믹 때문인지 휠체어를 탄 노인들이 한 둘씩 나와 대형 홀에 장착된 티브이 앞에서 시간을 보내고 있을 뿐이었다.

나는 대형 홀을 지나 사무실로 들어갔다. 사무실 직원이 친절하게 김 할머니의 방까지 안내해주었다.

칼멘은 아직도 이 양로원에 특별한 애착을 느끼고 있다

고 했다. 칼멘에겐 톨스토이 씨를 돌보았던 추억이 있는 곳이었다.

"안녕하세요? 저는 레다라고 해요. 칼멘에게 책을 읽어 달라고 부탁을 하셨다고요? 칼멘이 저에게 연락을 해왔어요."

"그래 맞아! 칼멘에게 부탁을 했지."

김 할머니는 나에게 고개를 끄덕이며 반가워했다. 김 할머니의 인상은 온화했지만 고령이어선지 어깨가 굽어 있었고 몸이 불편한 듯 베개에 기대앉아 있었다. 칼멘에게 김 할머니의 나이가 90세쯤 되었다고 얼핏 들었던 기억이 떠올랐다.

나는 책을 읽기 전에 잠시 김 할머니와 이런저런 이야기를 나누었다. 알고 보니 김 할머니는 젊었을 때부터 책 읽기를 아주 좋아했던 분이셨다. 남편을 따라 미국으로 온 후 외딴 부대 부근에서 외롭게 살아왔다고 하셨다. 그래선지 시간이 있을 때마다 책을 읽으셨다는 것이다.

부대에서 오랫동안 일을 해왔었고 또 미국인과 결혼해 살고 있던 만큼 능숙한 영어를 구사했지만 고국에 대한 향수 때문인지 한국 책을 선호하셨다. 나는 박완서 소설가의 '나목'을 꺼내들었다. 김 할머니의 고향이 박완서 소설가와 같은 개성이었다는 이야기가 생각났기 때문이었다.

'나목'은 박완서의 성장기 소설이었지만 아프게 이어지던 한국 근대사의 밑그림이라고도 할 수 있었다.

나목의 주인공 이경은 전쟁 후에 온 가족의 생계를 책임지며 생존을 위해 발버둥쳐야 했다. 이경은 미군 PX에서 초상화 주문을 받는 일을 하며 그곳에서 가족의 생계를 연명하기 위해 초상화를 그리고 있는 옥희도와 만나게 된다. 전쟁으로 인해 삶이 망가졌다는 점에서는 옥희도 역시 이경과 동일한 내면을 가지고 있었다.

처음에 이경은 미군부대에서 한심하게 초상화나 그리고 있는 옥희도를 은근히 무시했었지만 시간이 지날수록 옥희도에게 동병상련의 정을 느끼며 끌리게 된다. 옥희도와 이경은 한동안 플라토닉한 사랑을 나누는 사이가 되기도 하지만 유부남이었던 옥희도는 젊고 발랄한 이경이 자신을 떠나도록 놓아준다.

우리 가족이 피난지였던 부산에서 서울로 돌아왔을 때만 해도, 서울은 아직 전쟁의 상흔을 벗겨버리지 못했다. 비가 올 때마다 진흙탕으로 뒤범벅이 되던 길, 아직 전기나 수도조차 들어오지 않아 암흑 세계였던 밤, 폭격을 맞아 성한 곳이 없었던 건물들만 위태롭게 서 있던 동네의 풍경은 아직도 나에게 몹시 삭막한 기억으로 남아 있었다.

소설 속에서 이경이 일했던 철조망이 쳐진 동네의 풍경을 읽다 보니 나 역시 그곳을 지났었던 기억이 아련하게 떠올랐다. 전쟁이 끝난 십여 년 후에도 철조망은 여전히 그 자리에 그대로 있었다. 지금도 철조망은 그곳에 있는지 모른다. 내가 한국을 떠나 미국으로 올 때까지도 내 기억 속의 철조망 주위의 풍경 역시 별로 달라진 거라곤 없었다.

박완서 소설가가 한때 일했었던 부대의 PX도 바로 그 철조망이 쳐져 있는 부대 안이었다.

물론, 그때는 이경만이 전쟁의 비극과 슬픔을 경험한 것은 아닐 것이다. 그때는 한국 전체가 지독한 전쟁의 후유증으로 신음하던 시기였다. 서울의 풍경은 삭막하다 못해 쓸쓸했고 비극적인 풍경이 일상을 이루고 있었다. 상이군인들이 거리마다 떼를 지어 다녔고, 거지들이 골목마다 거리마다 넘쳐났었다. 그때는 어느 시대보다도 전쟁고아들과 고아원이 많았던 시대였다. 어딜 가나 마주해야 했던 가슴 쓰린 풍경들이, 가난한 동네의 풍경들이, 수상하기 짝이 없었던 삶의 풍경들이 아직까지도 나의 기억 속에 각인되어 있었다.

근대사를 배우던 시절 귀를 막고 싶었던 기억이 남아 있었다. 한반도의 무대는 분명, 발해와 북방으로까지 멀리 멀리 뻗어갔었고, 고구려의 역사 속에서 말을 타고 종횡무진으로 달리던 광개토대왕의 업적은 찬란했다. 그러나 결국 한국의 근대사는 만신창이의 불행한 역사의 연속이었다. 나는 한없이 줄어드는 우리나라의 지도를 보며 온몸에서 힘이 빠지는 절망감과 무기력감을 체험했다.

"겨우 이거였어?"

나는 근대사의 입구에서 우울해지곤 했다. 근대사는 고통과 비애 그 자체였다. 들을수록 부조리했고 이해할 수 없었다. 의문이 꼬리를 물고 일어났다.

"왜? 그럴 수밖에 없었을까?"

한국의 수치스런 근대사로부터 도망가고 싶었던 적이 한두 번이 아니었다. 나는 역사책의 페이지들을 모두 덮어버리거나 은폐하고 싶었다.

중국과 일본에게 수없이 침략과 수탈당했던 이조 오백년 이후에도 한국의 근대사는 온갖 수치와 모멸로 가득 차 있었다. 당파싸움과 쇄국정책, 명성황후의 죽음, 식민지 시대, 힘겹게 핍박받던 독립운동의 역사, 일본의 패망과 함께 찾아온 해방과 동족상잔의 역사, 육이오와 일사

후퇴, 수복과 그 후 나라를 반으로 잘린 삼팔선에 이르기까지 슬프고 비참했다.

한 나라의 운명이 엉뚱한 나라들에 의해 그것도 장난처럼, 아니 장기를 두는 것처럼 좌지우지되었다. 무엇 하나 마음에 드는 거라고는 없었던 부조리한 역사에 대한 나의 의문과 반항은 스스로도 모르게 서서히 내 안에 뿌리내렸다.

나의 심정은 마치 이경이 자신이 사랑했던 남자, 다섯 아이의 아버지며 초상화 화가였던 옥희도의 집을 찾아가 옥희도의 부인에게 억지를 부리던 이경의 심정과 같았는지 모른다. 캔버스에 고목을 그리던 옥희도를 사랑하던 이경은 자신의 사랑 때문에 혼란에 빠져 괴로워한다. 여기에서 주목할 점은 이경은 실제로 작가인 박완서 자신이고, 초상화가 옥희도는 실제로 유명한 화가인 박수근이라는 사실이다. 둘은 허구였던 소설에서, 실제였던 현실 세계에서, 분명 진정한 작가였고 예술가들이었다.

화가로서의 옥희도를 무한히 사랑한 이경은 마침내 옥희도의 아름답고 착한 아내를 무작정 찾아간다. 달도 없는 그믐날이었다. 이경은 옥희도의 아내가 화가의 부인으로서 자격이 없다며 한없이 오만하고 불손하게 맞선다.

이경이 옥희도의 아내가 옥희도의 그림에서 절망적인

궁상을 못 읽는다고 트집을 잡을 뿐만 아니라, 옥희도의 그림과 색채가 빈곤하다며, 제멋대로 예술적 나락으로 끌어내리고 그 모든 책임을 그의 아내에게 전가 했듯이, 한국의 근대사를 제대로 바라보지 못하는 나의 시선 또한 몹시 편협하고 부정적일 수밖에 없었다. 이경처럼 오만불손했고, 불만과 억지와 앙탈로 가득 차 있었다.

이경 역시 그랬을 것이다. 이경은 단지, 옥희도의 부인에 대한 불만이 아닌, 자신이 처한, 현실에 대한 욕구 불만들을 터뜨렸던 것이다.

또다시 양로병원을 찾았던 날, 나는 준비해간 '나목'을 펼치고 읽어 내려갔다. '나목'을 읽는 동시에 나는 철조망이 있던 옛 길로 접어들고 있었다. 내 앞으로 철조망을 낀 삭막한 풍경들이 끝없이 이어졌다. 겨울이면 철조망 주위에 일렬로 서 있었던 기억 속의 나목들은, 그곳에선 너무나도 흔한 풍경이었다. 높은 하이힐을 신고 빨간 립스틱을 바른 채 철조망을 붙잡고 서 있거나 그 부근을 하염없이 배회하던 나목들 역시 흔한 풍경이었다.

김 할머니는 베개 위에 비스듬히 몸을 의지한 채 두 눈을 꼭 감고 있었다. 잠이 들었는지도 몰랐다. 한 시간이

후딱 지나갔다. 김 할머니는 여전히 눈을 꼭 감고 있다. 깊이 잠들었거나 혹은 깊은 생각에 잠겨 있는지 모른다.

"레다! 책을 낭송하는 동안 노인이 어떤 반응을 보이더라도 개의치 말아요! 노인들은 실로 다양한 반응을 보이거든요? 그러니까 우리는 그저 그분들이 어떤 반응을 보이더라도 이해해 주어야만 해요. 설사 코를 골고 잠에 빠져든다고 해도."

나 역시 칼멘과 같은 생각이었다. 칼멘이 책을 읽는 동안 노인들은 대개 책의 내용에 집중하지만 자신도 모르게 또 다른 자신만의 블랙홀 속으로 빠져들기 십상이라고 했다.

"레다! 나는 노인들이 원해서 책을 읽어드리기는 하지만 꼭 내가 읽어드리는 책에 대한 결과나 어떤 효과를 기대하진 않아요. 물론 책을 좋아하는 노인들이 내가 책을 읽어주길 원하긴 하지만, 사실은 누군가 자신의 옆에 있어주기를 원하는 마음으로 내가 찾아오기를 기다리거든요. 가족이 없고, 외로운 분들은 더 하죠. 그래서 때론 책과 전혀 관계없는 이를테면, 서로의 신상에 관한 얘기나 혹은 세상 돌아가는 이야기를 하다 돌아올 때도 있거든요."

칼멘의 말을 들어보면, 책을 좋아하는 노인들 역시, 자신이 이미 읽었던 책을 또다시 선택한다든가 자신이 가장 잘 알고 있는 책을 도우미가 읽어주기를 원한다고 했다. 노인들은 대게 자신이 향수를 갖고 있는 책을 읽고 싶어 했고, 자신의 추억과 관계가 있는 책을 선택한다고 했다. 나는 그 역시도 이해할 수 있었다. 나도 어떤 특정한 책을 좋아하거나 읽었던 책을 읽는 쪽이었다.

낭송을 마친 후 자리에서 일어서던 나는 깜짝 놀랐다. 깊이 잠든 줄만 알았던 김 할머니가 울고 있었기 때문이었다. 당황한 나는 할머니에게 다가갔다. 김 할머니는 눈물을 닦으며 말했다.

"고마워! 읽어주는 소설을 듣고 있으려니까, 잊고 있던 일들이 자꾸 떠오르는군."

김 할머니는 긴 한숨을 내쉬었다. 김 할머니와 이런저런 이야기를 나누던 나는 김 할머니가 '나목'의 주인공인 이경이 일했던 곳을 잘 알고 있다는 사실을 알게 되었다.

"아마, 이경이와 나는 더러 마주친 일이 있었을 거야. 난 그곳이 어딘지를 알고 있거든."

나는 김 할머니의 말에 놀랐다. 나는 어느새 마음속으로 말하고 있었다.

'사실은 저도 그 철조망이 있던 동네를 잘 알고 있답니다.'

박완서 소설가와 나와 김 할머니는 나름 그렇게 한 공간으로 인해 각기 다르게, 그러나 연결되어 있었다. 나는 그 철조망이 있던 동네를 지났던 적이 있었고, 박완서 소설가는 그 철조망 안에 있던 피엑스에서 초상화가였던 박수근과 일을 한 적이 있었으니 말이다.

"레다! 한국 할머니께 책을 읽어드릴 수 있으니 정말 잘됐군요. 원더풀! 할머니는 요즘도 잘 지내고 계시겠죠? 그래, 한국 소설책을 읽어드리는 일은 할 만한가요?"

"오브코스, 물론이죠! 김 할머니는 이제 나와 만날 때마다 자신의 이야기를 들려주시곤 해요. 유노!"

사실, 내가 책을 읽어드릴 때마다 김 할머니는 옛날 생각이 난다며 눈물을 흘리곤 하셨다. 나는 생각했다. '얼마나 쓰라렸으면 그 긴 세월이 흘러간 지금까지도 김 할머니의 눈물은 마르지 않았을까?'

나는 몹시 복잡할 김 할머니의 마음을 생각해보았다. 처음, 난 김 할머니가 슬퍼서라기보다는 지난 시간에 대한 향수 때문에 눈물을 흘릴 거라고 추측했다. 그러나 아니었다. 김 할머니가 낡은 사진 한 장을 나에게 내밀었다. 누가 보아도 단란한 한 가족의 사진이었다. 사진 속에서는 젊은 부부와 아기가 환히 웃고 있었다.

"우리 가족사진이야!"

김 할머니가 자랑스럽게 말했다. 흐릿했지만 사진 속의 여인은 노인의 모습을 어렴풋이 닮아 있었다. 노인은 하얀 배내옷과 모자를 쓴 귀여운 아이를 안고 있었다.

"나의 첫 남편은 한국동란으로 끌려간 후 그만 영영 돌아오지 못했지!"

아쉬운 듯 말을 마친 김 할머니가 긴 한숨을 내쉬었다. 개성이 고향인 김 할머니는 전쟁이 끝났어도, 결국 고향으로는 다시 돌아갈 수 없게 되었던 것이다.

"육이오 동란이 터지자 나는 아이만 달랑 데리고 다급하게 월남을 해야 했어. 그래서 그 후부터 우리는 그만, 아무도 없는 사고무친이 되고 말았던 거지."

김 할머니가 말했다.

"어머나! 그래서요?"

"그때 말이야! 우리가 피난을 가서 잠시 얹혀살고 있었던 먼 친척의 소개로 나는 겨우 미군 부대의 하우스 걸 일자리를 얻을 수 있었어. 그때부터 나는 그 부대 안에서 먹고 새우잠이라도 잘 수 있었지만, 아이까지 함께 데리고 있을 수는 없었지. 그런데…"

이야기를 하던 김 할머니의 뺨으로 눈물이 주르르 흘러내렸다. 김 할머니는 한동안 말을 잇기 못했다. 그러나 눈물을 닦은 후 울음 섞인 음성과 허탈한 표정으로 담담히 말을 이어 나갔다.

"그때 난, 내 아이를 한 고아원에 맡겨야만 했어."

하우스 걸이란, 부대 안에 있는 가정집에서 일하는 일종의 메이드였다. 하우스 걸이었던 김 할머니가 배당받은 숙소의 주인은 공교롭게도, 혼자 사는 흑인 장교였다. 그 집에서 일하는 동안 김 할머니는 아직 결혼도 하지 않은 노총각인 흑인 장교와 가까워지게 되었다.

"그 흑인 장교는 처음부터 나에게 선물공세를 펼쳤지."

김 할머니를 사랑했던 흑인 장교가 김 할머니에게 주었던 선물 중엔 아름다운 드레스도 있었고, 목걸이와 같은 장신구도 있었다. 어머니의 유물이라며 반지를 끼워주기도 했다. 장교들의 파티가 있는 클럽으로 데려간 적도 여러 번이었다. 김 할머니는 자신에게 친절한 그 흑인 장교가 싫지 않았다. 물론, 그가 마음에 들고 안 들고는 다 배부른 흥정이라고 했다. 김 할머니는 그저, 그 흑인 장교가 자신을 좋아하니까 그가 싫지 않았다는 것이다. 그때는 모두가 다 살기 힘든 때였다. 그 일마저도 할 수 없으면 먹고 살 수가 없었던 막막한 시절이었다. 전쟁에서 살아남은 이들은 그나마 행운이었다. 믿기 힘들긴 하지만, 우리에겐 전쟁으로 목숨을 잃거나, 행방불명이 되거나, 몸을 다치거나, 설령 굶어 죽었다고 한들 아무도 개의치 않았던 시절이 실제로 있었던 것이다.

하우스 걸은 남편을 잃은 김 할머니가 그나마 하루하루를 연명하기 위해 얻은 귀한 직업이었다. 그곳에서 일하던 이들은 모두 다 생존을 위해 필사적이었다.

"난, 그곳에서 청소를 맡았지만, 빨래와 그리고 주문에 따라 식사를 준비할 때도 있었어. 일에 따라 급여가 달라지기 때문에 더 많은 주문이 오기를 기다렸지. 나는 언제나 그분의 구두를 반짝반짝 윤이 나도록 닦아 놓았고."

김 할머니는 장교에게 자신의 고마운 마음을 전하고 싶었다. 구두를 닦는 일은 하우스 걸이란 자리를 지키기 위한 김 할머니의 충성심이기도 했다. 김 할머니는 돈을 모으고 싶었다. 집을 마련하고, 하루빨리 고아원에 맡겨두었던 아이를 데리고 오기 위해서였다. 돈은 아무리 모아 보아야 보잘 것 없는 액수였지만 그래도 김 할머니는 희망의 불을 끄지 않았다.

처음에는 장교의 구두가 별나게도 크다는 생각이 들었

지만 무심코 지나치곤 했다. 그러나 시간이 지날수록 그 구두의 주인공의 진심이 느껴졌고, 그가 그 유난히 컸던 구두처럼 듬직하고 진실하게 느껴졌다고 했다.

"결정적인 건 그, 구두였군요?"

고개를 끄덕이던 김 할머니가 이를 드러내며 환히 웃어 보였다.

김 할머니가 구두를 닦아주어서 감동했던지, 장교는 할머니에게 '당신의 소원을 들어주겠다.'고 했다. 김 할머니는 눈물이 나도록 고마웠다.

"나는 그때, 그분에게 나의 이야기를 모두 털어놓았어. 전쟁으로 끌려간 남편이 행방불명이 된 사실과, 아들을 지금 고아원에 맡겨 놓았다는 사실까지도. 나는 그분에게 애원했지. '나의 아이를 이곳으로 데리고 와도 되겠느냐?'고. 그분은 정말 좋은 분이었어. 그분은 나에게 '지금 당장 가서 그 불쌍한 아이를 데려오자고.' 했어. 오히려 왜? 진작 그런 이야기를 자신에게 해 주지 않았느냐고 화를 내더군."

그때서야 김 할머니와 장교는 서둘러 고아원으로 찾아갔다. 하지만 이상하게도 고아원은 그 자리에 없었다. 수소문 끝에 고아원을 찾을 수 있었지만 김 할머니의 아이는 이미 그곳에서도 행방을 찾을 수 없었다.

"나는 그만, 하늘이 무너지는 것 같은 충격을 받았어! 나의 아들은 이미 누군가에 의해 어디론가 입양을 보낸 후였어. 그 후로도 우리가 아무리 아들을 찾기 위해 수소문해 보았지만… 아이를 다시는 만나볼 수 없었지! 입양을 보내는 게 아니었는데… 일이 아주 잘못되었던 거지. 내가 부대 안에서 매일 바쁘게 일을 하다가 한동안 고아원을 찾지 못했거든. 고아원이 이전을 한 사실도 모르고 있었던 거야. 어리석게도, 그동안 아이는 어디론가 입양이 되고 말았던 거지."

장교는 깊은 슬픔에 잠겨 있는 할머니에게 자신이 그녀의 아이를 꼭 찾아주겠다며 위로해주었다. 그 후 그는 세상을 떠날 때까지 아이를 찾기 위해 백방으로 노력해 주는 것으로 그 약속을 지켰다.

그 시절만 해도 미군 병사와 거리를 다니면 주위 사람들에게 놀림의 대상이 되었다.

"검둥이!"

살벌한 외침이 화살처럼 날아와 그들의 가슴에 꽂히곤 했다. 어디선가 돌이 날아오기도 했다. 흑인 장교와 함께 있는 여인을 바라보는 사회의 분위기는 몹시 험악했다.

"돌에 맞아 피를 흘리며 쓰러졌던 적도 여러 번이었어! 정말이지 끔찍한 시절이었어!"

김 할머니는 그 흑인 장교와 결혼을 했고 아이도 낳았다. 그래도 김 할머니는 미국으로 와서 살 생각까지는 없었다. 어디서 살든지 가족과 함께 오순도순 살고 싶었다.

"미국을 가면 혹, 잃어버린 아들을 다시 찾을 수 있지 않을까? 기대를 갖긴 했지만… 그래도 우린, 나와 혼혈인 아들을 몹시, 죄악시하는 한국의 험악한 사회 분위기 때문에 한국을 떠나야 했어."

김 할머니는 자신의 가족이 사회의 놀림거리가 되지 않기 위해서라도, 돌에 맞아 죽지 않기 위해서라도, 미국으로 쫓기듯이 와야만 했다. 그 후로도 잃어버린 아들을 찾기 위해 노력을 했다. 한국의 고아원과 입양 기관들과 아이가 보내질 만한 곳을 수소문하고 다녔다.

"거리를 지나며 한국 아이를 볼 때마다 걸음이 떨어지지가 않았어. 꼭 나의 잃어버린 아이를 보는 것만 같았지."

나는 김 할머니의 안타까운 이야기에 할 말을 잃었다. 김 할머니는 1930년생인 90세였으니, 지금 아들이 살아 있다면 70세쯤 되었을 것이다. 그토록 오랜 세월이 지났어도 서로 만날 수 없는 그들 모자의 운명이 슬프다 못해 비정하게 느껴졌다.

"이렇게 매일 매일, 눈뜨면 하루가 가고, 한 주가 지나면, 또 한 달이 가버리는군. 생각해보면 산다는 일도 아주 잠깐이야! 나이가 들고 보니 더, 시간이 가는 게 아쉬워지는군. 그래도 난 죽을 수가 없었어!"

김 할머니가 허탈한 음성으로 말했다. 김 할머니는 요즈음, 가는 시간이 더 안타까운 이유가 바로 '잃어버린 아들' 때문이라고 했다. 할머니는 자신이 이렇게 악착같이 오래 사는 것도 죽기 전에 그 아들을 꼭 만나야 되기 때문이라는 것이다.

"참, 어리석었어! 세월이 이렇게 짧은 줄 알았더라면 말이야. 생각해 보니, 내가 그때 그 부대에서 일을 하는 게 아니었어! 정말이야! 그때, 어떤 고생을 하더라도 내 아들을 꼭 안고 함께 살아야 했어!"

김 할머니는 잃어버린 아들이 너무나 보고 싶었다고, 눈에 선해왔다고, 늘 그 아들이 목에 걸렸다며 후회의 눈물을 흘렸다.

나는 문득 김 할머니의 침실 벽에 걸려 있는 가족사진을 바라보았다. 여러 개의 훈장을 주렁주렁 달고 있는 흑인 장교가 사진 속에서 김 할머니와 아들의 어깨 위에 손을 얹은 채 환히 웃고 있었다. 김 할머니의 남편이었던 그는 이미 세상을 떠난 후였다. 김 할머니는 그가 미국으로 온 후 전역을 했고, 부대 부근에 있는 직장에서 한동안 공무원으로 일을 했었다는 것이다. 나는 김 할머니의 무릎 위에 앉아 있는 사진 속의 귀여운 사내아이를 바라보며 물었다.

"이 아드님은 지금 어떻게 지내세요?"

김 할머니의 표정이 한순간 환해졌다. 김 할머니는 흑인 장교와의 사이에 난 그 아들이 지금 타 주에서 잘 살고 있다고 했다.

"아들은 미국으로 온 후, 운동도 공부도 아주 잘했어. 아직도 자신은 한국이 고향이라고 하면서, 한국을 그리워하지. 이제는 결혼도 했고 아이들과 아주 행복하게 잘 살고 있어. 정말, 고마운 일이지."

노인이 소중하게 간직하고 있던 장성한 아들의 가족사진을 꺼내 자랑스럽게 보여주었다. 나는 그 아들의 모습을 들여다보았다. 그 아들의 모습이 어쩐지 낯익었다. 그 아들은 공교롭게도, 한국계 미국인이고 전 미식축구 선수였던 하인스를 닮아 있었다. 축구선수 하인즈도 흑인 병사와 한국인 어머니 사이에서 태어났다고 했다. 하인즈

이외에도 기라성 같은 성공의 아이콘들을 떠올려 보았다. 인순이나, 가수 샌디 김, 역시 한흑혼혈 유명인들이었다. 지금은 비록 명성이 자자하지만 그들도 한때는 백의민족, 단일민족을 내세우는 한국 사회의 극심한 차별을 온 몸으로 경험했다는 사실을 알게 되었다.

문득 가수 인순의 이야기가 마음속을 떠나지 않았다. 그녀는 자신이 버스를 탔을 때 버스에 탄 사람들이 모두 이상한 눈으로 자신을 바라보았을 뿐만이 아니라 그녀를 놀리기까지 했다는 것이다. 가수 인순은 그들이 그녀를 놀리는 이유가 바로 그녀가 혼혈이기 때문이라는 사실을 알고 있었다. 그녀는 그때서야, 혼혈아란 사실이 바로 자신의 약점임을 깨닫게 되었다고 했다. 하지만 그녀는 그런 사실 때문에 슬퍼하거나 주저앉지 않았다. 오히려 그 사실을 인정하며 당당히 살아가려고 노력했다.

한국의 첫 번째 혼혈 연예인 샌디 김 역시 한국 사회에서의 차별대우와 뒷손가락질, 그리고 힐끔힐끔 쳐다보는 따가운 시선을 떠나 미국에서 정착하게 되었다고 고백한 적이 있었다. 그러나 그들이 태어난 조국은 분명 대한민국이었다.

나는 생각했다. 이 지구상에 더 이상 단일민족이란 없

다. 혼혈에 대한 편견은 근절되어야 한다. 인간은 아니, 인류는 이제부터라도 서로의 다양성을 인정하고 화합해야만 한다.

김 할머니에겐 잃어버린 아들의 존재가 아직도 눈물처럼 애달프고 한없이 그리운 존재였다.

"아이 아빠만 살아 있었더라도…"

김 할머니는 긴 한숨을 쉬며 먼 곳을 바라보았다. 김 할머니는 아직도 첫 남편을 잊지 못했고, 첫 남편과 아들을 앗아간 전쟁을 원망했다. 김 할머니는 한국전쟁 때문에 정든 고향을 떠나와야 했다고, 그리고 완고하고 고집스런 한국 사회가 자신과 자신의 아들에게 돌팔매질을 했다고, 자신을 이 미국으로 오도록 내몰았다고 했다.

사람들이 그토록 자신을 무시하지 않았다면, 자신의 아들을 혼혈아라고 놀리며 외면하지만 않았더라도, 자신은 미국까지 오지도 않았을 거라는 것이다. 자신은 지금까지도 정든 고향인 조국, 한국에서 아들을 키우며 한국에서 살았을 것이고, 자신의 아들도 한국에서 행복하게 잘 살 수 있었을 거라고 아쉬워했다.

요즘은 늘 베게에 비스듬히 기대앉아 나의 책 낭송을 묵묵히 듣는 김 할머니의 모습이 한결 평온해 보였다. 자신의 모든 이야기를 나에게 쏟아놓았고 나와 함께 모든 슬픔을 나눈 후부터 김 할머니는 더 이상 눈물을 흘리지 않았다. 나는 내심 그런 김 할머니의 평화로운 변화에 안심하고 있었다.

오늘은 이상했다. 김 할머니의 고개가 스르르 베게 위에 얹혔다. 서늘한 예감이 등줄기를 타고 내려갔다. 그때였다. 도우미와 간호사가 김 할머니를 점검하기 위해 방문을 열고 들어왔다. 김 할머니에게 다가간 간호사는 당황하는 기색이었다. 간호사는 김 할머니의 호흡이 불안정하다며 급히 사무실에 연락을 취했다. 여러 명의 간호사와 도우미들과 의사가 들어와 점검을 마친 후 김 할머니의 침대를 옮기는 동안 나는 밖으로 나와야 했다.

칼멘에게 만나자는 연락이 왔다.

"레다, 이제 양로병원은 더 이상 찾지 않아도 돼요."

"!"

칼멘이 나에게 김 할머니의 유품이라며 작은 스케치 북을 내밀었다. 무심코 스케치 북을 받아 펼쳐보던 나는 깜짝 놀랐다. 스케치 북엔 의외에도 김 할머니가 박수근의 '여인과 나무'를 베낀 스케치가 여러 장이나 그려져 있었기 때문이었다. 나는 할머니의 '나목'을 그린 스케치를 보고 전율했다. 서툰 솜씨였지만 그림은 분명 나목이 아기를 업은 여인을 내려다보고 있는 그림이었다.

소설 '나목'에 대한 나의 의식이 열렸다.

옥희도의 유작전을 찾아간 이경은 옥희도의 그림을 보게 된다. 옥희도의 유작은 이미 이경이 이전에도 목격했던 눈에 익은 옥희도의 그림이었다.

그림 '나목'은 '고목'을 그린 그림이었다. 그래도 이경은 다시 생각한다. 옥희도가 전쟁 중에 그린 그림은 '고목'을 그린 것이 아니라 어려운 시기를 극복하는 '나목'을 그린 것이라고.

아기를 업고 서 있는 여인은 바로 김 할머니였다. 어려운 시기를 딛고 묵묵히 서 있는 나목, 김 할머니는 잃어버렸던 첫 아들을 찾아 다시 그때처럼 자신의 등에 아들을 업고 저 세상으로 떠난 것이었다.

나는 생각했다. 우리는 모두 나목들이라고. 김 할머니도 나도 그리고 칼멘도. 나는 또 생각했다. 그렇다. 나목은 아름답다. 나목은 기다리고 있는 아름다움이다. 다시 다가 올 새로운 계절 봄이 오기를 기다리고 있기 때문이다. 사랑도 꿈도 영원히 시작하기 위해.

샹그릴라를 꿈꾸며

곽설리 연작
소
설

세계가 하나로 뭉쳐야 할 때
죽어가는 사람들이 있어요
지금은 변화를 만들 시간
사랑은 모든 것
더 밝은 날을 위해
우리는 하나의 세계
더 밝은 날을 만들
더 나은 날을 만들
우리는 하나의 세계
— 노래 〈We are the world*〉 가사에서

"반가워요! 레다! 정말 오랜만이네요!"

칼멘이 나에게 다가왔다. 마스크를 쓰고 있어선지 커다란 눈이 유난히 반짝였다. 눈만 보고 사람의 표정을 읽는

다는 건 참 어려운 일이었다. 칼멘의 표정도 그랬다. 반갑기도 하고, 조심스럽기도 하고, 우울하고 슬프기도 한 복잡한 표정이다.

"캔 유 빌리브 잇? 그동안 내가 돌보던 분이 코로나 확진 판정을 받고 격리요양 중이랍니다."

칼멘이 말했다.

"내 주변에서도 코로나에 걸린 환자들이 늘고 있어요. 팬데믹이 시작된 지 3년째가 지나고 있는데 아직도 흉흉한 소식만 들려오는군요."

나는 저절로 한숨이 나왔다.

"그래요. 코로나 바이러스가 이전과 전혀 다른 변종이라고 하질 않나, 이제는 코로나 바이러스가 무슨 변신을 거듭하고 있는 요물처럼 느껴지는군요. 안 그래요?"

칼멘이 거리를 지나는 행인을 바라보며 탄식했다.

그랬다. 지금 전 세계의 코로나 확진자는 4억이 넘었고 사망자의 수도 543만명에 육박하고 있었다.

모든 사람들이

평화 속에서 살아가는 것을 상상해 봐요

세계는 하나가 되겠죠

탐욕도 굶주림도 없겠죠
모든 사람들이 양보하며 살아가는 것을 상상해 봐요
그리고 세계는 하나가 되겠죠.*

칼멘이 흰 마스크를 내리고 커피를 한 모금 마셨다. 커피숍 안쪽까지 떠밀려온 아침 햇살이 우리를 위로하려는 듯 테이블 위에서 따사하게 머물고 있었다.

칼멘이 다급한 어조로 말을 꺼냈다.

"레다 씨! 어제 저녁 뉴스는 보셨겠죠? 뉴욕 맨해튼 차이나타운에서 30대 한국 여성이 자택에서 흉기에 찔려 숨진 사건 말이에요!"

"오 마이 갓! 언빌리버블!"

"그런데 이번 사건도 피해자는 범인과 일면식도 없는 사이였다지요?"

"맞아요! 뿐만 아니라, 범인은 흑인 노숙자였데요."

"그 노숙자가 피해자의 뒤를 밟아 아파트 건물 안까지 진입했다더군요. 피해자는 비명을 지르며 도와달라고 소리를 질렀지만, 결국… 목숨을 잃고 말았어요. 언빌리버블!"

"경찰이 출동했을 때 범인이 그 현장에 숨어 있었다고

요?"

범인은 차이나타운 근처에서 60대 노인을 폭행하는 등 지난해에만 4차례 경찰에 체포된 적이 있었던 노숙자였다고 밝혀졌다. 이번 사건을 두고 아시아계 권익 단체들은 저마다 '아시아계에 대한 증오에서 비롯된 범죄'라고 주장했다.

'얼마나 더 큰 피해가 발생해야 하나?'

'아시아계 증오에는 백신도 없는 것 같다.'고 한탄하는 소리도 드높았다.

그러나 경찰은 이 사건을 증오범죄로 규정하지 않고, 범인을 단지 살인과 절도혐의로 기소했다고 했다.

"레다 씨도 조심하세요! 요즘은 유난히 아시안들이 차별을 받고 있더군요. 아시안을 증오하고 해치는 사건들이 많이 일어나고 있어요. 요즘은 코로나로 인해 더 많은 이들이 목숨을 잃고 있긴 하지만…"

"정말, 엎친 데 덮친 시기이지요."

그러고 보니, 아시안 증오 범죄가 정말 겁날 정도로 많이 일어났다. 뉴욕 맨해튼 한인타운 인근에서 택시를 잡던 유엔 한국대표부 소속 외교관이 한 남성으로부터 폭행을 당했던 사건. 뉴욕 메트로에서 기차를 기다리고 있던 아시안 여인을 기찻길로 떠밀어버렸던 충격적인 사건. 가엾게도 그 아시안 여인은 목숨을 잃었다. 그 아시안 여인을 떠민 사람도 홈리스였다. 벤치에 앉아 버스를 기다리고 있던 간호원을 죽인 사람도 홈리스였다. 한 아시안 남성이 기찻길로 떠밀린 사고가 있었다. 다행히도 그 아시안 남성은 목숨을 잃지는 않았다.

칼멘이 심각한 얼굴로 말소리를 낮췄다.

"아시겠어요? 가해자와 피해자는 서로 아무런 인과관계가 없었는데도 피해를 당했다고요. 아무 이유도 없이 말이지요. 오 마이 갓!"

"근데 그 범인이 아시안을 증오하는 홈리스였다고요. 레다 씨!"

칼멘이 다시 강조하듯이 말했다.

"레다 씨! 그런데 왜? 증오범죄가 자주 일어나는지, 그 이유가 뭔지 아세요? 이건 그저 내 개인적인 생각이지만… 지금 일어나고 있는 일련의 사건들은 그저 심각한 사건의 전조일 뿐이란 생각이 드는군요."

"심각한 사건의 전조라뇨? 그건 무슨 뜻이죠?"

"레다 씨! 내가 늘 우려하고 있던 일들이 지금 실제로 우리 사회에서 일어나고 있다는 거예요."

나는 칼멘의 말에 어떤 불길한 예감으로 온몸이 얼어붙는 것 같았다.

"칼멘, 도대체, 그 우려했던 일이란 게 정확히 뭐냐고요?"

"음, 그건, 레다 씨도 잘 아시지 않아요? 가장 심각한 건 홈리스 문제란 걸 말예요. 돈 츄 씽 쏘우?"

칼멘이 목소리를 낮춰 속삭이듯 말했다.

"레다 씨! 이건 어디까지나 내 생각이긴 하지만… 최근에 일어난 일련의 사건들은 모두 다 서로 연관이 있는 사건이었어요. 유 노?"

"왜 그렇게 생각 하지요?"

"레다! 언론에서는 최근에 일어난 일련의 사건들을 인종편견 때문에 일어난 사건들이라고 보도하고 있지요. 범인들이 모두 아시안들을 혐오하고 흑인들을 혐오해서 일어난 사건이라고요. 그런데 말이지요, 분명 겉으로는 그렇게 보이긴 하지만 사실은 이 사건들이 모두 홈리스와 관련이 있는, 홈리스들이 벌린 범죄라는 점에 초점을 맞춰야 한다고요. 내 생각은 그래요."

"홈리스들이 일으킨 범죄사건이라고요? 그럼 노숙자들이 무슨 범죄 집단이라도 된다는 말인가요?"

"나는 그렇게 생각해요! 그 범인들은 모두 홈리스라는 공통점이 있다고요."

"문제가 그렇게 단순한 건 아니지요. 그렇게 간단할 리가 없지요."

나의 강한 반론에 칼멘이 대답했다.

"물론 그럴 수도 있지요. 나도 그러길 바라요. 하지만, 이런 사회 현상에 대해 어떻게 생각하세요? 앞으로도 이런 범죄들이 점점 더 많이 발생하리라는 건 불을 보듯 알 수 있지 않아요?"

"그야…"

"홈리스 피플들은 지금 우리에게 경종을 울리고 있는 거예요. 아니, 자신들의 고통을 알리고 세상에 도움을 구하고 있는 거예요. 그러니 지금 우린 어떤 구체적이고 근본적인 대책을 찾지 않으면 안돼요. 유노?"

칼멘은 홈리스 피플들이 지금 고난의 끝에 서 있다고 주장했다. 아기가 배가 고프면 크게 울듯이 극심한 고통이 그런 행동으로 표출되는 거라고 했다. 이 세상이 결코 공평하지 않고, 옳지 않다는 사실을 온 세상에 알리기 위해 우리 모두에게 경종을 보내고 있다는 것이다.

홈리스 범죄 사건은 나날이 심각해졌다. 좀비처럼 약물에 취해 비틀거리는 홈리스는 거리 어디에서나 발견되었다. 그러고 보면, 팬데믹 사태 동안 홈리스들이 일으킨 화재 사건만 해도 심각한 수준이었다. 추운 밤을 견디기 위해 홈리스들이 불을 지피기 때문이었다. 심지어 홈리스들이 산불을 일으키는 주범이라고도 했다.

무방비 상태로 거리에서 살던 홈리스가 스스로 목숨을 끊거나 무참히 살해되는 사례도 비일비재했다.

"칼멘 씨 말이 맞는 것 같기도 하네요. 휴우! 정말 홈리스의 문제가 시급히 해결되지 않으면 홈리스들은 물론, 일반 사람들 역시 고통을 받게 되겠지요. 설마… 영화에서 보는 것처럼 우리 모두가 다 좀비가 되는 건 아니겠죠?"

언제부터 인지
그곳엔 불이 꺼졌고
더 이상 노래 소리도
들려오지 않았다
꿈을 잃은 이들이
오늘도 기다리고 있다

좀비의 마을을 떠나기 위해

어두운 터널을 지나기 위해

"팬데믹으로 인해 홈리스들이 부쩍 늘어났더군요."

칼멘이 말했다. 코로나 팬데믹 사태로 인해 많은 이들이 직장을 잃었고 홈리스도 늘고 있다고 했다.

칼멘이 실눈을 뜨고 프리웨이 입구와 연결된 터널을 바라보며 물었다.

"오 마이 갓! 레다 씨! 우리는 언제? 다시 평온한 터널을 지날 수 있게 될까요?"

나 역시 이런 터널을 지날 때마다 눈을 꼭 감아버리고 싶었다. 터널 안의 디스토피아적인 풍경을 마주할 때마다 세상의 끝에 온 것처럼 가슴이 철렁 내려앉았다.

좁은 터널 안, 쉴 새 없이 많은 차량이 왕래하는 찻길 옆으로 색색의 크고 작은 천막들이 다닥다닥 아무렇게나 붙어있었다. 실제로 사람들이 살고 있다고는 믿어지지 않을 만큼 비참하고 척박한 환경이었다.

"레다 씨! 줄지어 선 천막도 충격적이지만, 더 오싹한 건 그 안에 방치되고 있는 엄청난 양의 쓰레기더미예요."

다행히 언젠가부터 엘에이 시에서 그곳에 간이 화장실

과 쓰레기통을 가져다 놓았지만 옷가지와 음식 찌꺼기와 폐품들은 어쩔 수 없이 그대로 널린 채였다.

"터널을 지날 때마다 마음이 아픈 가장 큰 이유가 뭔지 알아요?"

칼멘이 물었다.

"그건 말이지요. 그곳에서 살고 있는 이들도 나와 똑 같은 인간이란 사실 때문이지요. 레다 씨도 아마, 내 마음을 잘 알거에요. 무기력한 내 자신은 물론, 이 사회의 불평등을 탓해보기도 하고요. 그리고 혼자서 골똘히 생각해 보곤 해요. '저 높은 곳에 계시는 분은 지금 이 광경을 내려다보시며 어떻게 생각하실까?' 내 말 알아들으시겠어요?"

나는 생각했다. 인류의 역사가 시작된 이래 우리 인류는 지금까지 이루 말 할 수 없이 많은 어둠의 터널을 지나왔다.

얼마 전까지만 해도 다운타운 일부 길에서만 보였던 홈리스들이 걷잡을 수 없이 늘어나 이제는 어느 길이나 홈리스들이 장악하고 있었다. 프리웨이 옆은 물론. 터널 밑이나 상가, 아니 심지어 동네 입구에도 쓰레기 더미와 천막이 줄줄이 늘어서 있었다. 우리는 지금 어떤 사회를 살아가고 있는 건지, 왜 이렇게도 많은 홈리스가 거리를 장악하게 되었는지 경악할 지경이었다.

"이젠 세상이 다 무서워지네요. 오 마이 갓! 프리웨이를 지날 때도 온몸이 다 오싹해지고요."

"나도 알아요. 가난은 나라님도 어쩔 수 없다고 했던가요? 그런데 지금 미국은 홈리스 세상이 되어버렸어요. 과연 정부에서 이 문제를 어떻게 해결해 나갈지 도무지 상상이 안 되는군요."

"아무리 나라님도 어쩔 수 없다지만 홈리스문제는 어쨌든 우리가 가장 먼저 해결해야 할 문제가 분명해요. 돈 츄씽 소우?"

"그래요! 홈리스들이 모여들면 모여든 홈리스로 인해 멀쩡한 상가도 폐쇄된다고 하더군요."

홈리스가 길에서 쓰러지는 광경을 직접 목격했던 적이 있었다. 젊은 홈리스는 층계 위에 가방도 놓아둔 채 세상을 등지고 말았다. 소방차와 여러 대의 경찰차가 그곳으로 모여들었다. 신고를 받고 나타난 폴리스는 그 청년이 마약 과다복용으로 숨졌다고 했다.

나는 그날 폴리스가 누군가에게 한 말이 끝내 잊혀지지 않았다.

"이런 일은 별로 놀랄 일도 아니지요. 이런 일은 지금, 하루에도 몇 십 건씩이나 일어나고 있답니다."

칼멘은 내 말에 충격을 받았는지 흰 손수건을 눈가로 가져갔다.

"레다! 믿을 수 없어요. 어떻게 그렇게 한 생명이 허무하게, 거리에서 죽어갈 수 있는지. 오우 마이 갓! 우리는 모두 다 똑 같은 인간들이 아닌가요?"

"그러게요! 세상이 점점 더 비정해지고 있네요."

"레다 씨! 아무리 홈리스지만 그 청년도 분명 누군가의 소중하고 귀한 아들일 거예요. 그 귀중한 생명이 아직 젊고 아까운 생명이 왜? 무얼 잘못 했기에 그렇게 거리에서 혼자 죽어가야 하지요?"

칼멘의 음성엔 힘이 없었다. 커다란 두 눈이 눈물로 가득 찼다.

"우리 사회는 절실한 도움이 필요한 이들을 이토록 도울 수 없단 말인가요? 정부는? 이 나라는 왜? 도움이 필요한 이들을 거리에 방치해 두는 걸까요?"

"칼멘 씨! 그래도 노숙자들을 위한 프로젝트가 있다고 들었어요."

실제로 캘리포니아 주에서 노숙자들을 지원할 예정이

라는 뉴스였다. 최근, 뉴섬 캘리포니아 주지사도 노숙자들이 입주할 수 있도록 '프로젝트 홈키'를 통해 6000개의 하우징 유닛이 지어졌고 '프로젝트 홈키'에 입주하는 노숙자들은 정신건강과 약물남용 치료와 같은 지원을 받을 수 있다고 발표했다.

그러나 칼멘의 생각은 달랐다.

"레다 씨! 보세요! 아직까지 홈리스들의 상황이 나아진 적이 있었나요? 난 어디까지 믿어야 할지 종잡을 수가 없네요!"

그리고 나는 '시를 잊은 그대에게'를 속으로 뇌었다.

남이 울면 따라 우는 것이 공명이다
남의 고통이 갖는 진동수에
내가 가까이하면 할수록 커지는 것이 공명인 것이다
슬퍼할 줄 알면 희망이 있다.

"레다 씨! 얼마 전 뉴스에서 섀트너 씨를 보았어요. 아시죠? '스타트랙'에 나왔었던 커트 선장 말예요!"

"물론 봤지요 나도 '스타트랙'의 펜이었어요."

놀랍게도 코로나 팬데믹 속에서도 눈부신 과학적 성과

가 있었다. 테슬라 전기 자동차 사장인 일란 머스크와 아마존의 베이조스 사장이 각각 민간 우주선을 쏘아 올린 사건이었다.

아마존 창업자 제프 베이조스가 이끄는 미국 우주기업 '블루 오리진'은 실제로 '스타트랙'에서 선장역을 맡았던 90세의 배우 새트너를 태우고 텍사스 주에 있는 '밴혼' 발사장에서 우주로 여행을 떠났었다. 새트너의 가상현실은 이제 현실이 된 셈이었다. 아직은 모든 게 시작에 불과하지만 말이다.

"레다 씨! 블루 오리진이 '뉴 셰퍼드' 로켓 우주선을 발사한 뒤 무사히 귀환에 성공을 했다는 소식을 듣고 얼마나 감격했던지!"

"칼멘 씨, 이번에 발사했던 우주선은 일반 고객을 대상으로 한 우주기업 '블루 오리진'의 두 번째 우주관광이었다고 했으니 이제부터 우주에서 어떤 일이 벌어질지가 기대 되는군요."

"개인이 이런 일을 할 수 있다니… 이전에는 상상도 못했던 사건이지요! 꿈 같은 일을 이뤄낸 셈이에요!"

지금은 인류의 활동 영역이 지구에서 우주 멀리에까지 뻗어나가고 있는 시점이었다. 민간인들의 우주여행이 현실이 되었을 뿐 아니라, 우주 식민지를 세우겠다는 포부도 공식적으로 발표되었다. 만약 우주 식민지가 세워진다면 인간들이 거처를 지구가 아닌 우주로 옮겨가는 일이 현실이 될 수도 있을 것이다. 정말 놀라운 과학적 성과가 아닌가?

그러나 이 찬란한 과학시대인 지금 코로나 팬데믹은 여전히 지구촌을 괴롭히고 있는 것이다.

"레다 씨! 내가 가장 안타깝게 생각하고 있는 게 무언지 알아요?"

칼멘이 물었다.

"그건 지금, 어린 학생들이 매일 마스크를 쓰고 대면수업에 출석하고 있는 사실이에요. 아직 철없이 놀아야 할 나이에 마스크를 써야만 한다니… 우리 아이들이 너무 가엾군요."

칼멘은 또 물었다.

"생각나세요? 레다 씨! 맨 처음 코로나 백신이 만들어질지에 대해서도 불확실했을 때 말예요."

"물론 생각나지요! 휴우~ 그때는 너무나 절박했었지요."

사실 절박하긴 했어도 백신만 개발되면 팬데믹 상황이

'짱!' 하고 모두 막을 내릴 줄만 알고 있었다.

그러나 지금 백신이 개발이 되었어도 바이러스는 오리무중으로 변신을 거듭하고 있는 상황이었다. 팬데믹이 이렇게 오래 시간을 끌며 사람들을 지치게 할 줄은 상상도 하지 못했다.

"그래도 백신 덕분에 코로나 팬데믹에 대한 불안과 두려움에서 어느 정도는 해방이 된 셈이지요. 그나마 지금은 이렇게 마스크를 쓰고 외출도 하고 사람들도 만나며 사회생활에 적응하고 있으니 말예요."

칼멘이 불쑥 물었다.

"레다 씨! 아직 백신접종을 하지 않는 이들에 대해 어떻게 생각하세요?"

나는 칼멘의 물음에 한숨을 푹 내쉬었다.

"나는 팬데믹이 번지는 상황에서 왜 사람들이 죽음을 자초하는지 이해가 안가더군요."

"레다! 그건 아마도 이상한 정치적 음모론이나 팬데믹 속에서도 만연하고 있는 가짜뉴스 때문인지 몰라요."

하기야! 모든 결정은 개인의 자유라면서 백신을 거부하는 이들도 비일비재했다. 최근에는 한 상원의원이 공인의 신분인데도 불구하고 코로나 백신을 거부해 오다가 코로

나에 걸려 목숨을 잃은 일도 있었다.

"더 위험한 건 무증상 감염자예요. 무증상 감염자들은 몇 배나 더 빠르게 바이러스를 퍼트린다지 않아요? 그러니까 마스크를 안 한다거나 백신접종을 기피하는 일은 치명적일 수밖에요."

칼멘이 말했다.

이해하기 어려운 일들도 많이 일어났다. 탑승객 한 명이 마스크 쓰기를 거부해서 항공기가 회항했던 적이 있었다. 항공기에 탑승하면서도 마스크 쓰기를 거부하며 폭력을 휘두르거나 승객끼리 격렬하게 몸싸움을 벌이는 한심한 광경도 가끔 뉴스에 오르곤 했다. 나는 항공기가 회항을 하는데 드는 비용을 누가 물어야 하는지가 궁금했다.

"그런데, 레다 씨! 더 기막힌 일은 백신을 맞았어도 돌파감염에 걸릴 수 있다는 사실이에요. 언빌리버블! 내 주변에서도 백신을 3차까지 맞고도 돌파감염에 걸리는 이들이 있었으니까요. 아무리 백신을 접종했어도 시간이 지날수록 백신의 효력이 약화된다고 하니 도무지 알 수가 없군요. 오 마이 갓! 아무튼 모든 상황이 지금보다 더 나빠지지만 않았으면 좋겠군요."

나 역시 돌파감염에 대해 이해가 잘 가지 않았다. 화이

자 백신이나 존슨 백신이나 모더나 백신들이 모두 다 갑작스럽게 지구촌을 강타한 코로나 팬데믹 사태 때문에 성급하게 만들어진 백신이니 만큼 그 부작용에 대한 충분한 검증 기간을 거치지 못했을 가능성도 있다고 했다. 그 뿐만이 아니었다. 코로나 바이러스 자체가 백신에 대한 내성이 생길 수도 있다고 하니 정말 알 수 없는 일이었다.

"코로나로 인해 인간들이 모두 바이러스의 숙주가 되는 상황이 오다니? 오 마이 갓! 그런데 그보다도 더 걱정이 되는 건 말이지요. 이렇게 모든 사람들끼리 서로를 경계하다보면 우리 모두가 외로운 섬이 되어버리는 것 아닐까? 걱정이 되는군요."

칼멘이 허탈한 얼굴로 말했다. 코로나는 지금도 지속적인 변신을 하고 있을게 분명했다.

"참! 오늘 뉴스를 보니까 씨디씨(C.D.C.) 수장, 파우치 박사가 출연했더군요. 파우치 박사는 코로나 바이러스가 어떻게 변종을 하는가에 팬데믹의 미래가 달려 있다고 하시더군요."

"그거야, 우리 모두가 알고 있는 사실이 아닌가요? 돈츄 씽 소우?"

칼멘이 고개를 갸웃했다.

"오늘 파우치 박사의 표정 역시 그리 밝지가 않더군요. 파우치 박사도 인간인데 이런 상황이 얼마나 버겁게 느껴질까요?"

"어찌됐건 지금처럼 많은 인구의 목숨을 앗아가고 있는 팬데믹은 어서 끝나야 해요. 그런데 아직 들려오는 소식은 그저 누가 코로나에 걸렸다거나, 별세했다는 우울한 소식들뿐이니…"

"팬데믹도 이제 엔데믹(풍토병)처럼 지구촌에 자리를 잡게 될지 모른다더군요."

그러고 보면 코로나는 미래에도 독감처럼 인간들과 함께 가야 할 불청객으로 남아있게 될지도 모른다. 매년 독감 시즌이 오면 플루 백신을 맞고 있듯 코로나 백신도 함께 맞아야 할지 모른다고 했다.

칼멘이 말했다.

"어디 코로나뿐인가요? 코로나 바이러스만 극복할 수 없는 게 아니지요. 이상기후 문제도 심각하죠. 우리 인간은 지금 쓰나미나 허리케인, 태풍, 사이클론 현상이나 지진, 모든 자연재해에 대해서도 그저 무력한 존잰걸요. 안 그래요?"

나 역시 코로나 팬데믹 사태가 왔을 때처럼 내 자신이

무력한 존재로 느껴진 적은 아직껏 없었다. 개인의 우주 여행이 가능해진 첨단 과학시대에 그깟 바이러스 때문에 절절매는 인간의 모습이 코미디로 느껴졌다.

칼멘이 이상향을 말했다.

"요즘은 이곳이 과연 내가 그토록 오기를 열망했던 '나의 이상향'이었을까? 하는 생각이 들곤 해요."

나는 칼멘의 말에 한숨을 푹 내쉬었다.

"나 역시 그래요! 칼멘 씨! 엘에이가 이토록 홈리스가 나날이 늘어나고 있는 곳인 줄 알면서도 엘에이로 오고 싶었을까요?"

잠시 침묵이 흘러갔다.

"레다 씨! 이 미국은 나의 이상향이었어요. 난 천사들의 도시라는 로스엔젤레스로 간절히 오고 싶었답니다. 그리고 나는 반평생을 넘게 이곳에서 살아왔어요. 누가 뭐래도 나는 앤젤리노예요. 미국인이에요. 그리고 또, 나는 이 나라를 무한히 사랑하고 있답니다. 그러니까, 레다 씨! 아무도 레다 씨와 나를 외국인이라고 불러선 안 되지요. 차별해서도 안 되지요! 절대로!"

칼멘이 단호하게 말했다.

나는 생각해 보았다. 아마도 그것은 나와 칼멘만의 꿈이 아닐 것이다. 나 역시 영원히 나의 꿈을 잃고 싶지 않았기에 미국은 언제나 나의 샹그릴라로 머물러 있어야만 했다. 미국은 분명, 내가 오기로 선택한 나라였고 나의 꿈을 이룰 수 있는 유일한 곳이라고 믿고 있던 곳이기 때문이었다.

이상향이란 어떤 곳인가?
그곳은 꿈이 있는 곳이다.
더 나은 삶이 있는 곳이다.
얼마나 많은 이들이 지금도
미국으로 오기를 갈망하고 있는가?

남미의 캬라반들은 그들의 이상향인 미국을 향해 지금도 대행진 중이다.

아프가니스탄의 전쟁이 끝났을 때, 미국으로 탈출하기 위해 비행기 바퀴에 매달리던 이들도 그들의 이상향인 미국으로 오려다 목숨을 잃고 말았다. 자신들은 비록 아프가니스탄을 떠날 수는 없지만 자신의 아이만은 그 이상향에서 꿈을 이루게 하고 싶었던 아프가니스탄의 어머니들은 사랑하는 아기를 철망 너머의 미군들에게 맡기고 있었다.

이상향인 미국으로 오기 위해 리오 디 자네로 강을 건너려다 익사한 젊은 남자와 그의 어린 아들의 모습도 떠올랐다. 엄마와 함께 강을 건너던 남미계의 소녀도 엄마의 손을 놓치고 강에서 홀로 익사체로 발견되었다고 했다.

문득 찬 바닷물에 몸을 맡긴 채 모래에 얼굴을 묻고 엎어져 있던 한 아이의 모습이 떠올랐다. 전 세계를 울렸던 세 살배기 시리아 난민 아일라 쿠르디의 마지막 모습이었다. 빨간 티셔츠에 감청색 반바지, 앙증맞은 운동화, 아이는 고요했다고 했다. 아이는 물가에 물새 한 마리 떨어진 듯 물가에 누워있었다고 했다.

꿈의 나라로
샹그릴라로 가는 길은
이토록 험한 것인가?
이제야 나는 지구상의
유일한 이민의 나라인 미국의 실체를 본다.
그렇다고는 해도 아직

그 누구도 샹그릴라를 버려서는 안 된다.
누구나 꿈을 간직해야만 하고
그리고 꿈을 간직하는 한
누구에게나 길이 있기에
길은 있어야만 하기에
그러나 지금은
전 세계가 고통 받는 시간.
그래도 꿈을 버리면 안 된다.

나는 사람들이 아무 곳으로도
가지 않기를 기원했다.
나는 사람들이 머물고 있는 그곳이
최고의 이상향이기를 기원하고 있다.
나의 꿈은
온 세계가 이상향이 되는 것.
그리하여
세계가 하나가 되는 것.

가만히 있는 나에게 칼멘의 음성이 들려왔다. 칼멘의 말에 나의 마음이 한결 가벼워졌다. 어떤 밝은 희망이 눈

앞에 보이는 것 같았다.

"레다 씨! 우리는 어떤 일이 있더라도 꿈을 버려서는 안 돼요! 누군가가 그랬어요. 꿈을 가진 이는 그 자신이 꿈이라고. 길을 찾는 이는 그 자신이 길이라고. 좋은 사람은 그 자신이 이미 좋은 세상이라고…."

*존 레논의 이메진

*We are the world 라는 이 노래는 미국의 팝 아티스트들이 아프리카의 기아 문제 등을 돕고자 만들었다.

평설 | **장소현** 미주 시인, 극작가

곽설리 작가의 지적 호기심이 넓혀가는 소설세계

곽설리 작가의 지적 호기심이 넓혀가는 소설세계

곽설리는 지적 호기심이 무척 강한 작가다. 그저 호기심이 강한데 그치지 않고 흥미를 갖는 일에는 직접 도전하는 용기도 대단하다. 예술가에게는 매우 바람직한 장점이다. 호기심이 많다는 것은 새로운 것을 찾으려는 태도이고, 그러기 위해서는 세상을 되도록 넓게 보려고 두리번거려야 한다. 그렇게 생각이 넓고 깊어진다.

작가 곽설리는 시인, 소설가로 활발하게 글을 써서 발표하며, 이미 3권의 시집과 3권의 소설집을 발간했다. 동시에 첼로 연주자로 오케스트라 단원으로 활동하기도 했고, 화가와 서예가로 정기적으로 열리는 전시회에 작품을 출품하고 있다. 문학, 미술, 음악에 걸쳐 폭넓고 왕성하게 활동을 펼치고 있는 것이다. 흔치 않은 일이다.

이런 전방위 활동을 흔히 '팔방미인'이라고 말하는데, 곽설리의 경우는 그런 표현보다는 '르네상스적 호기심'

이라고 말하고 싶다. 우리 옛 선비들의 경계 없이 자유로운 예술관이나, 요새 유행하는 '통섭'이라는 말에 어울리는 '울타리 넘나들기'이기도 하다.

그런 결과로, 곽설리의 작품세계에서는 각 분야가 잘 어우러지고, 서로 좋은 영향을 주고받으며 기대어 있다. 글에서 그림과 음악이 보이고, 그림에서 글과 음악의 특성이 나타나는 식이다.

왕성한 호기심과 창의력

호기심은 창의력의 원동력이다. 남과 다른 새로운 길에 흥미를 갖는 일이다. 많은 사람들이 다니는 큰길에서 벗어나 샛길로 들어가 헤매는 짜릿함이다.

그런 탓인지 곽설리의 문학세계는 다른 작가들과는 결이 많이 다르다. 작품의 소재나 주제, 전개방식 등에서 그렇다. 일반적으로 널리 알려진 공식이나 틀에서 벗어나 개성 강한 자기 세계를 펼쳐나간다. 소설의 경우를 보면, 소재부터 특이한 이야기를 다루면서, 사건의 전개보다는 의식이나 감정의 흐름에 집중하는 식이다. 때로는 좀 엉뚱하다 싶을 정도로 개성이 강하기도 하지만 그 역시 곽설리답다.

작품의 질이나 수준을 평가하는 것과는 별개로, 새로운 세계를 향한 작가의 개성은 대단히 중요하게 평가되어야 할 요소다.

이 작품집에 실린 8편의 연작소설에서도 곽설리의 개성이 잘 드러난다. 그밖에 최근에 집중적으로 써서 여러 문학지를 통해 발표하고 있는 인공지능 소재 연작에서도 그런 개성이 빛을 발한다.

넓어지는 이야기 소재, 의식의 흐름

미주한인작가들의 작품은 대체로 한인교포사회의 갈등이나 한인들의 고달픈 삶, 그리운 고향타령 등을 소재로 하는 것이 일반적이다. 물론, 문학의 기능이나 사회적 역할이라는 점에서 그것은 지극히 당연한 일이다.

이에 비해, 곽설리 작가가 최근에 집중적으로 다루는 소재는 재미한국인이 아닌 우리 이웃의 타인종들의 이런 저런 삶의 모습이다. 다시 말해서, 작가적 관심의 폭이 넓어진 것이다. 아마도 왕성한 호기심과 관찰의 결과일 것이다.

이 소설집에서 주목할 것은 작품들이 코로나 팬데믹이라는 불안하고 억압적인 환경에서 쓰여졌다는 점이다. 작품에 등장하는 인물들과 현실이 모두 바이러스 공포로 위축되어 있다. 그것은 곧 현대인의 실존을 상징적으로 보여준다. 현대인은 코로나 바이러스가 아니더라도, 다양한 사회적 구조나 힘에 의해 억압받으며 살고 있는 존재들이다.

그런 정신적 억압에서 벗어나, 인간 존재의 본질을 탐구하기 위해 작가가 채택한 방법은 '고전에 기대기'이다. 고도를 기다리며, 폭풍의 언덕, 파우스트, 발레 백조의 호수, 나목(裸木) 같은 고전 작품을 든든한 기둥으로 삼아, 다양한 인간 군상의 삶과 의식의 흐름을 묘사한다. 고전 작품이라는 거울에 비추어보면 지금 우리 현실의 모습은 한층 또렷해진다. 이렇게 어제와 오늘의 두 세계를 대비시키는 구조는 매우 효과적이다.

작품의 구조나 형식도 고전 작품의 얼개에 맞게 다층적 복합구조로 전개된다. 주로 화자(話者)인 레다와 책 읽어주는 칼멘이 주고받는 대화를 통해 작중인물들의 다양한 사연과 감정이 전개되고 묘사되는데, 이런 액자 구조는 각 인물들의 의식의 흐름을 실감나게 표현하고, 그것을 오늘의 현실과 대비시키는 데 효과적으로 작동한다.

특히, 이야기를 전해주는 칼멘과 이를 듣는 레다의 대

화와 토론을 통해 사건의 전개가 펼쳐지므로, 두 사람의 시선과 관점이 서로 부딪치고 어울리며 객관성을 갖게 된다. 그리고 책 읽어주는 도우미 칼멘은 자기 고객에게 고전 작품을 읽어주면서, 동시에 독자들에게도 책을 읽어주는 셈이다.

이런 복합구조는 곽설리의 문체와 썩 잘 어울린다. 곽설리 특유의 문어체(文語體) 문장은 마치 번역된 고전 작품을 연상시킨다.

이 연작소설들은 작품의 내용면에서도 다인종 다문화 사회인 미국에서 우리와 함께 사는 이웃 타인종의 삶과 애환을 다루고 있어서, 미주한인문학의 지평을 넓혀주는 역할을 한다. 이 같은 작가적 관심의 확대는 미국사회의 구조적 근원적 문제인 인종갈등을 줄이는 데도 도움이 될 것으로 기대된다. 미주한인문학의 건강한 발전을 위해, 비슷비슷한 성격의 작품이 많이 나오는 것보다는 다양한 시선과 해석의 작품이 많아지기를 바란다.

과거와 미래의 연결고리

앞에서 언급한 대로, 곽설리 작가는 요사이 미래를 다룬 연작소설을 집중적으로 쓰고 발표하고 있다. 주로 인공지능과 인간 사이의 관계, 사랑, 우정 등을 다룬 작품들이다. 하지만 공상과학소설은 아니고, 구태여 말하자면 이시구로 가즈오의 『클라라와 태양』과 비슷한 관점의 작품들이다.

이렇게 고전작품에 펼쳐지는 과거과 인공지능의 미래세계를 오가는 작가의 관심은 당연히 오늘을 사는 우리의 모습, 특히 의식의 흐름에 집중된다. 여기에 미술과 음악의 감성이 더해지면서 한층 깊고 풍성해진다.

샛길 헤매기, 골목길 더듬기

호기심을 가지고 '가보지 않은 길'을 기웃거리는 '샛길 여행'은 문학세계의 지평을 크게 넓혀준다.

물론 '샛길 기웃거리기'가 늘 성공적인 것은 아니다. 기웃거리는 골목마다 소득이 있고, 들어가 헤매는 샛길마다 『앨리스의 원더랜드』 같은 보물이 있는 것은 결코 아니다. 공연한 수고를 하고 허탕을 치는 경우가 더 많을 것이다. 하지만, 처음 경험하는 새로운 공간과 시간이 주는 짜릿한 긴장감만으로도 들어가 헤맬 가치는 충분하다. 이 같은 '샛길 헤매기'는 작품의 질이나 수준 평가에 앞서, 그것 자체로 소중한 의미를 갖는 것이다.

작가 곽설리는 지금, 어제와 내일을 이어주는 어렴풋한 오솔길을 부지런히 오가며, 샛길과 골목길을 열심히 기웃거리는 중이다. 성공할지는 아무도 모른다, 처음 가보는 길이니… 아무튼 그의 지적 호기심이 알굵은 영매를 맺고, 한국문학의 지평을 넓혀주기를 기대한다.

끝으로 여단 한마디

설리라는 이름은 미국이름인 셜리(Shirley)를 한글로 쓴 것인데, 이를 한자로 적으면 '눈 마을(雪里)'이 된다. 눈은 커녕 비도 잘 내리지 않는 팍팍한 엘에이 사막에 살면서 '눈 마을'을 그리워하는 엉뚱함이 바로 작가 곽설리의 신선한 개성이 아닐까 싶다.

작가 후기

『칼멘 & 레다 이야기』를 내면서

인간에게 가장 중요한 일은 만남일 것이다. 어떤 부모를 만나느냐가 한 인간의 사회성을 결정하고 어떤 스승을 만나는지에 따라 미래가 결정되는지 모른다. 내 경우는 그랬다. 나는 일찍이 국어 선생님이셨던 오 수녀님을 만났기에 글을 쓰게 되었고, 두 미술 선생님을 만나 그림을 그리게 되었다.

신문반 담당 선생님이셨던 오 수녀님은 첫 글짓기 시간에 썼던 나의 글을 신문에 실어주셨던 고마우신 분이셨다. 그 이후로도 오 수녀님은 '개교기념일' 이나 축일이 돌아오면 계속 나에게 원고청탁을 해 오셨다.

나중에 알고 보니 오 수녀님은 김수환 추기경님께서도 무언가를 물어 보시기 위해 연락을 하셨다는 국문학자셨고 박사학위 소유자셨다. 그래도 오 수녀님은 세상을 떠나실 때까지 그런 사실을 한 번도 나에게 밝힌 적이 없으셨다. 오 수녀님은 갈멜 수녀처럼 마지막 순간까지 수녀원에서 은둔 생활을 하시다 세상을 떠나셨다.

나의 두 미술 선생님 역시 훌륭하신 분들이셨다. 나의 첫번째 미술선생님은 우리 학교에서 다른 곳으로 떠나셨는데 무슨 일인지 우리 학교를 떠나시기 전에 또 다른 미술 선생님께 나를 부탁한다고 당부를 하시고 떠나셨던 것이다. 그런 연유로 나는 새로운 미술선생님께 정규 미술 수업 외에도 오래동안 미술지도를 받을 수 있게 되었던 것이다.

"앞으로도 열심히 그림을 그려야 해!"
선생님은 늘 나에게 당부하셨다.

세상을 살기에만 바빴던 나는 글과 그림을 떠나 있었다. 하지만 어느새 나는 그분들 말씀대로 나의 고향과 같은 글과 그림의 세계로 돌아와 있었다.

지금 나는 몹시 그분들이 그립고 그립다.

누군가 그림은 그리움이라고 했다. 그러고 보면 그분들의 사랑을 듬뿍 받았었기에 아니, 그분들에 대한 그리움 때문에 나는 아직껏 글을 쓰고 그림을 그리고 있는지도 모르겠다. 그리고 그런 조건 없는 큰 사랑을 받았었던 나는 정말 행복한 사람이라는 생각이 든다.

나의 작은 문학 예술 정신에 대해 가감없는 평설로 격려를 주신 장소현 님께 깊이 감사드린다.

2022년 봄, 엘에이에서
곽설리